Von dem Mörder keine Spur

Hatte er Angst bekommen? Hatte es eine Störung gegeben? Aber dann erschien ein kleiner schwarzer Punkt in der Spiegelmitte – zuerst eine Mücke nur, aus der nach und nach eine Fliege wurde, dann eine Biene, dann ein Käfer! Bald war es ein tief über die Lenkstange gebeugter Sturzhelm zwischen zwei großen schwarzen Pranken. Gott, kam der schnell heran! Bonds Augen gingen zwischen der Straße und ihrem Spiegelbild hin und her. Jetzt griff der Mörder nach der Pistole ...

FLEMING, Ian

Du lebst nur zweimal
Feuerball
Der goldene Colt
Goldfinger
Im Dienst ihrer Majestät
James Bond jagt Dr. NO
Liebesgrüße aus Moskau
Mondblitz
Riskante Geschäfte
Der Spion, der mich liebte
Der Tod im Rückspiegel (Kurzgeschichten)

IAN FLEMING

007 JAMES BOND

TOD IM RÜCKSPIEGEL

Aus dem Englischen übersetzt von Willy Thaler,
Friedrich Polakovics, Norbert Wölfl und Maria Meinert
Titel des Originals: »For Your Eyes Only«,
»The Property of a Lady«,
»The Living Daylights«
Schutzumschlag von Heinz Looser
Foto: Thomas Cugini

6. Auflage 1982, ISBN 3-502-55571-0

Gesamtherstellung: Ebner Ulm

Inhaltsverzeichnis

... bringen mit Thriller-Spannung außer Atem

Tod im Rückspiegel

Die eiskalten Augen hinter den großen schwarzen Schutzbrillen waren das einzig Ruhige an der mit 120 Sachen dahinrasenden BSA M 120. Unter dem schützenden Brillenglas starrten sie geradeaus, und die schwarzen, unbewegten Pupillen wirkten wie Pistolenmündungen. Der Fahrtwind hatte den Mund des Fahrers zu einem breiten Grinsen verzerrt, so daß die großen Pferdezähne und Teile des weißlichen Zahnfleisches bloßlagen. Die Wangen waren zu vibrierenden Backentaschen gebläht, und die Hände in den schwarzen Handschuhen wirkten mit ihren abgewinkelten Gelenken wie die Pranken eines sprungbereiten Tiers.
Der Mann trug die Meldefahreruniform des Königlichen Nachrichtenkorps, und seine olivgrün gespritzte Maschine glich bis auf gewisse Änderungen an Ventilen, Vergaser und Auspufftopf den britischen Militärmaschinen. Und bis auf die scharfgeladene Luger im Halter auf dem Benzintank ließ nichts an dem Mann und seiner Ausrüstung vermuten, daß er nicht das war, was er zu sein schien.
Es war sieben Uhr früh an einem Maimorgen, und die schnurgerade Waldstraße schimmerte im Frühjahrsdunst. Die moos- und blumenbewachsenen Senken zwischen den großen Eichen beiderseits der Straße verstärkten den bühnenhaften Zauber der prachtvollen Wälder von Versailles und St. Germain. Die D 98 war eine Nebenstraße für den Lokalverkehr in dieser Gegend, und der Motorradfahrer hatte soeben die Autobahn

Paris-Mantes unterfahren, über die bereits der Pariser Pendelverkehr brauste.
Nun fuhr er nordwärts in Richtung St. Germain, und es war nach vorn und nach hinten niemand in Sicht bis auf jene fast identische Gestalt 800 Meter voraus — bis auf jenen anderen Meldefahrer des Königlichen Nachrichtenkorps. Er war jünger und schlanker, saß bequem auf seiner Maschine, genoß den Morgen und hielt sein Tempo auf etwa siebzig. Denn er hatte Zeit, es wurde ein herrlicher Tag, und er fragte sich eben, ob er wohl nach seiner Rückkehr ins Hauptquartier — er würde gegen acht Uhr dort sein — Rühr- oder Spiegeleier zum Frühstück nehmen solle.
Fünfhundert Meter, vierhundert, drei-, zwei-, einhundert. Der aufschließende Fahrer ging auf achtzig herunter. Mit den Zähnen riß er den Handschuh von der Rechten, steckte ihn zwischen die Jackenknöpfe, griff nach unten und machte die Pistole los.
Er mußte jetzt im Rückspiegel des Vordermanns bereits deutlich zu erkennen sein, denn plötzlich wandte der Jüngere seinen Kopf, erstaunt, schon so früh am Morgen einen zweiten Meldefahrer zu sehen. Er vermutete einen Amerikaner in ihm oder auch einen französischen Militärpolizisten — irgend jemanden eben von den acht NATO-Ländern, die den Stab von SHAPE bildeten. Als er aber die Uniform des eigenen Korps erkannte, war er erstaunt und erfreut zugleich. Wer, zum Teufel, das wohl sein mochte?
Gutgelaunt hob er zum Zeichen des Erkennens den Daumen und ging auf fünfzig herunter, um den anderen herankommen zu lassen. Gleichzeitig auf die Straße vor sich und die näher kommende Gestalt im Rückspiegel achtend, ging er die Fahrernamen der britischen Headquarters-Spezialtransportabteilung durch: Albert, Sid, Wally — Wally konnte es sein, der war so untersetzt! Fein, da konnte er ihn mit diesem kleinen Kantinenkäfer auf den Arm nehmen, mit dieser Louise, Elise, Lise — weiß der Teufel, wie sie hieß!
Der Mann mit der Pistole war langsamer geworden. Jetzt war

er auf fünfzig Meter heran. Sein Gesicht, nicht mehr windverzerrt, zeigte jetzt kantige, harte, vielleicht slawische Züge. Etwas glomm hinter den schwarzen, ihr Ziel anvisierenden Augenmündungen. Vierzig Meter — dreißig. Eine einsame Elster kreuzte vor dem jungen Meldefahrer ungeschickt die Straße und flog in die Büsche hinter der Michelintafel »St. Germain 1 km«. Der junge Mann grinste und hob ironisch grüßend einen Finger: »Elster bedeutet Unglück!«

Zwanzig Meter hinter ihm nahm der Pistolenschütze beide Hände von den Griffen, hob die Luger, stützte sie sorgfältig auf den linken Unterarm und feuerte.

Dem jungen Mann riß es die Hände nach hinten zusammen. Seine Maschine schoß quer über die Straße, bockte über den schmalen Graben und durchpflügte das Maiglöckchengrün. Dann bäumte sie sich auf kreischendem Hinterrad und kippte langsam auf den toten Fahrer zurück. Der Motor stotterte, die Maschine riß und zerrte an der Uniform und an den Blumen — und lag still.

Der Mörder beschrieb eine enge Kurve und blieb mit der gewendeten Maschine stehen. Er stieß den Radständer nach unten, schob die Maschine darauf und lief durch die Blumen zu den Bäumen hin. Dort kniete er neben dem Toten nieder und zog eines seiner Lider kurz nach oben. Ebenso grob riß er die schwarzlederne Meldertasche von der Leiche und die Knöpfe von der Jacke. Dann bemächtigte er sich der abgenützten Brieftasche und zog die billige Armbanduhr so heftig vom Handgelenk des Toten, daß das elastische Chromband entzweiriß. Schließlich stand er auf und hängte sich die Meldertasche über die Schulter. Während er Brieftasche und Uhr in seiner Jacke verstaute, horchte er. Aber nur die Waldgeräusche und das langsame Ticken erhitzten Metalls waren zu hören.

Langsam schritt der Mörder in seiner eigenen Spur zur Straße zurück und scharrte dabei Blätter über die Radspuren in der weichen Erde und im Moos — besonders sorgfältig bei den tiefen Eindrücken im Graben und am Grasrand. Dann blieb er neben seinem Motorrad stehen und blickte zurück auf den

Maiglöckchenfleck. Nicht schlecht! Wahrscheinlich würden nur die Polizeihunde die Stelle finden, und das würde bei den sechzehn Straßenkilometern bis hierher Stunden, vielleicht Tage dauern – bei weitem lange genug. Die Hauptsache bei derlei Anschlägen war, genügend Spielraum zu haben. Er hätte den Mann auch auf vierzig Meter umlegen können, aber zwanzig war ihm lieber gewesen. Auch das Wegnehmen von Uhr und Brieftasche war gute Arbeit – Profi-Arbeit eben.
Zufrieden mit sich hob der Mann die Maschine vom Radständer, schwang sich elegant in den Sattel und trat sie an. Langsam, um keinerlei Spuren zu hinterlassen, fuhr er an, langsam legte er Tempo zu, zurück in die Richtung, aus der er gekommen war. Nach einer Minute war er wieder auf 110, eine windverzerrte, grinsende Maske.
Es war, als hätte der Wald am Schauplatz des Mordes während der Untat den Atem angehalten. Nun begann er wieder zu rauschen.

James Bond nahm seinen ersten Abend-Drink bei Fouquet's. Es war kein scharfer Drink. In französischen Cafés kann man nicht ernstlich trinken. So im Freien, auf dem Gehsteig – das ist nichts für Wodka, Whisky oder Gin. Eine *fine à l'eau* ist ja ziemlich stark, aber sie macht betrunken, ohne recht zu schmecken. Ein *quart de champagne* oder ein *champagne à l'orange* vor Mittag ist ganz gut, aber abends führt ein *quart* zu einem weiteren *quart*, und eine Flasche Champagner ist eine schlechte Unterlage für die Nacht. Pernod kann man trinken, aber nur in Gesellschaft, und Bond hatte das Zeug nie gern gemocht, weil der Lakritzengeschmack ihn an die Kindheit erinnerte. Nein, in den Cafés konnte man sich nur an die am wenigsten widerlichen Operettengetränke halten, und so trank Bond hier immer das gleiche – einen Americano: Campari bitter, Cinzano, ein großes Stück Zitronenschale und Soda. Als Soda verlangte er stets Perrier, denn seiner Meinung nach war teures Sodawasser die billigste Art, einen schlechten Drink zu verbessern.

In Paris hatte Bond immer dieselbe Adresse: er wohnte im Terminus Nord, weil er Bahnhofshotels gern hatte und dieses das noch am wenigsten anmaßende und das anonymste unter ihnen war. Zu Mittag aß er im Café de la Paix, im Rótonde oder im Dôme, denn das Essen war dort recht gut und das Beobachten der Leute unterhaltsam. Wollte er etwas Scharfes trinken, so nahm er's in Harry's Bar, erstens wegen der Ausgiebigkeit ihrer Drinks und zweitens, weil er bei seinem ersten, ahnungslosen Parisbesuch das getan hatte, was Harry's Reklame in der *Continental Daily Mail* zu tun anriet: er hatte dem Taxifahrer gesagt: *»Sönk Rüh Doh Nuh«*, und damit hatte einer der denkwürdigen Abende seines Lebens begonnen, der in dem fast gleichzeitigen Verlust seiner Unberührtheit und seiner Brieftasche gipfelte.
Zum Dinner ging Bond in eines der großen Restaurants, ins Véfour, in den Caneton, Lucas-Carton oder ins Cochon d'Or, die, was immer Michelin über die Tour d'Argent, Maxim's oder dergleichen sagen mochte, noch nicht vom Makel des Spesenkontos oder des Dollars behaftet waren. Außerdem fand er ihre Küche besser. – Nach dem Dinner ging er auf die Place Pigalle, um zu sehen, ob es was zu erleben gab. Passierte, wie gewöhnlich, nichts, so begab er sich durch die Stadt zur Gare du Nord und ging zu Bett.
Für heute aber hatte Bond beschlossen, dieses staubige Adreßbuch zu vergessen und sich einen altmodisch fröhlichen Abend zu machen. Er befand sich auf der Durchreise nach einem trostlos mißlungenen Auftrag an der ungarisch-österreichischen Grenze. Dort hatte es gegolten, einen Ungarn herüberzuholen. Bond hatte Spezialauftrag von London gehabt, über den Kopf der Station V hinweg die Operation zu leiten. Das hatte man bei der Wiener Station verübelt. Absichtliche Mißverständnisse waren die Folge gewesen, und der Mann war im Minenfeld der Grenze umgekommen. Nun stand eine Untersuchung bevor, und Bond sollte am nächsten Tag zur Berichterstattung wieder in London sein. Der Gedanke daran deprimierte ihn. Heute war es so schön gewesen – einer dieser

Tage, die einen fast glauben machen konnten, Paris *sei* schön und fröhlich – und so hatte Bond sich vorgenommen, der Stadt noch einmal eine Chance zu geben.

Irgendwie würde er ein Mädchen finden, das wirklich ein Mädchen war, und sie zum Dinner in eines der Snoblokale in der Art des Armenonville im Bois führen. Um die Geldgier aus ihrem Blick zu bannen, würde er ihr so bald als möglich 500 N. F. geben. Er würde ihr sagen: »Ich schlage vor, ich nenne dich Donatienne, oder vielleicht Solange, denn das paßt zu meiner Stimmung und zu diesem Abend. Wir kennen uns schon länger, und du hast mir mit diesem Geld seinerzeit aus einem Schlamassel geholfen. Hier ist es, und jetzt erzählen wir einander, was wir gemacht haben, seit wir das letztemal zusammen in Saint-Tropez waren, gerade vor einem Jahr. Sieh dir inzwischen die Speise- und die Weinkarte durch, und wähle aus, was dich glücklich und dick macht.« Und sie würde erleichtert sein und lachend sagen: »Aber James, ich will ja gar nicht dick werden!« Dann würden sie dasitzen, ganz eingestellt auf das Märchen vom »Frühling in Paris«, und Bond würde nüchtern bleiben und voll Interesse an ihr und allem, was sie sagte. Und bei Gott, zum Schluß würde es nicht seine Schuld sein, wenn von dem guten alten Märchen vom »vergnüglichen Paris« nicht die leiseste Spur mehr übrig war!

Während er so in Erwartung seines Americano bei Fouquet's saß, lächelte Bond über seine Hitzigkeit. Er wußte recht gut, daß er sich das alles nur vorspielte, um der Genugtuung jenes letzten Fußtrittes willen, den er jetzt einer Stadt zu versetzen gewillt war, der er seit dem Krieg eine tiefe Abneigung entgegenbrachte. Seit 1945 hatte er in Paris keinen glücklichen Tag mehr verbracht. Nicht, weil die Stadt sich verkauft hatte: das hatten viele Städte getan. Aber das Herz war fort – verpfändet an die Touristen, verpfändet an die Russen, die Rumänen, die Bulgaren, verpfändet an den Abschaum der Welt, der nach und nach von dieser Stadt Besitz ergriffen hatte. Und natürlich verpfändet an die Deutschen. Man konnte es den Augen der Leute ansehen – sie waren mürrisch, mißgünstig, beschämt.

Und die Architektur? Bond blickte übers Pflaster auf den dunklen, glänzenden Wagenstrom, der die Sonne schmerzend reflektierte. Überall das gleiche wie auf den Champs-Elysées! Während zweier Stunden nur konnte man die Stadt selbst sehen – zwischen fünf und sieben am Morgen. Nach sieben war sie verschlungen von dem brausenden Strom schwarzen Metalls, gegen den sich keines der schönen Gebäude, keiner der weiten, baumbestandenen Boulevards zu behaupten vermochte.

Das Tablett klirrte auf der Marmorplatte. Mit nur einer Hand – Bond brachte das nie zustande - klickte der Kellner geschickt den Verschluß von der Perrierflasche, schob den Kassenbon unter das Eiskübelchen, sagte mechanisch: *»Voilà, M'sieur«* und verschwand. Bond gab Eis in seinen Drink, füllte ihn bis oben mit Soda auf und tat einen langen Zug. Dann lehnte er sich zurück und brannte sich eine gelbe Laurens an.

Natürlich würde der Abend katastrophal werden! Selbst wenn er innerhalb der nächsten zwei Stunden ein Mädchen fand, würde der Inhalt seiner Verpackung nicht entsprechen. Bei genauerem Hinsehen würde sich die großporige Haut der französischen Bürgermädchen zeigen, das Blondhaar unter dem roten Samtbirett würde an den Wurzeln braun und so grob wie Klaviersaiten sein, der Pfefferminzatem würde den Knoblauch vom Mittagessen nicht verbergen können, und die bezaubernde Figur würde das Ergebnis geschickter Draht- und Gummistützen sein. Überdies würde sie aus Lille stammen und ihn fragen, ob er Amerikaner sei. Und sie oder ihr *maquereau* – Bond mußte grinsen – würden ihm wahrscheinlich die Brieftasche klauen. Der Reigen! Wieder einmal würde er dort sein, wo er einst begonnen hatte, das heißt, mehr oder weniger. Na denn, zum Teufel damit!

Ein arg verbeulter schwarzer Peugeot 403 brach aus der Mitte der Fahrzeugkolonne aus, schnitt die innere Bahn und parkte in zweiter Spur. Es gab das übliche Bremskreischen, Gehupe und Geschrei. Völlig ungerührt stieg ein Mädchen aus dem Wagen, ließ den Verkehrssalat Verkehrssalat sein und trat auf den Gehsteig. Bond richtete sich auf. Das Mädchen verkörperte alles, tatsächlich alles, was ihm vorschwebte! Sie war groß und schien, obwohl ihre Formen von einem leichten Regenmantel verhüllt waren, auch eine gute Figur zu haben. Das fröhliche, herausfordernde Gesicht paßte nicht übel zu ihrer Fahrtechnik, doch jetzt preßte Ungeduld ihre Lippen zusammen, als sie sich mit verärgertem Blick quer durch den Passantenstrom drängte.

Bond hatte Zeit, sie gründlich zu mustern, während sie auf die Tischreihen zusteuerte und durch den Zwischengang herankam. Natürlich war es hoffnungslos: sie war verabredet mit ihrem Liebhaber. Sie war eine Art Frau, die immer schon zu einem anderen gehört. Sie hatte sich verspätet, deshalb ihre Eile. Verdammtes Pech – sogar das Haar unter dem flotten Birett war blond! Und nun sah sie ihn direkt an, lächelte . . .!

Noch ehe Bond sich gefaßt hatte, war das Mädchen an seinem Tisch, hatte einen Stuhl herangezogen und Platz genommen. Seinem erstaunten Blick begegnete sie mit einem etwas gezwungenen Lächeln. »Tut mir leid, daß ich so spät komme, ich fürchte, wir müssen gleich wieder gehen. Sie werden im Büro verlangt.« Und dann hauchte sie: »Schnelltauchen!«

Bond zwang sich in die Wirklichkeit zurück. Wer immer sie sein mochte, sie kam von der »Firma«. »Schnelltauchen« war ein Fachausdruck, den der Geheimdienst aus der U-Bootsprache übernommen hatte, und bedeutete schlechte Nachrichten – *ganz* schlechte sogar! Bond grub in der Tasche nach einigen Münzen, warf sie auf den Tisch, sagte: »Schön, gehen wir!«, stand auf und ging hinter ihr zum Wagen. Er blockierte noch immer die innere Fahrbahn, so daß jeden Augenblick ein Polizist dasein konnte. Wütende Gesichter starrten ihnen nach, als sie einstiegen. Das Mädchen hatte den Motor laufen lassen, knallte jetzt den zweiten Gang hinein und reihte sich in den Verkehr.

Bond betrachtete sie von der Seite. Die helle Haut war samtig, das Haar blond und seidig bis an die Wurzeln. Er fragte: »Woher kommen Sie, und worum handelt sich's?«

Während sie sich auf die Straße konzentrierte, sagte sie: »Von der Station. Assistentin zweiten Grades, Dienstnummer 765, privat Mary Ann Russell. Ich weiß nicht, worum sich's handelt und habe nur den Funkspruch vom HQ gesehn – von M persönlich an den Chef der Station. Sehr dringend und so weiter. Er müsse Sie sofort ausfindig machen und wenn nötig das Deuxième zu Hilfe rufen. Der Chef von F sagte, Sie seien in Paris immer an denselben Orten anzutreffen und drückte mir und einem zweiten Mädchen eine Liste in die Hand.« Sie lächelte. »Ich hatte es erst in Harry's Bar versucht, und nach dem Fouquet's hätte ich mit den Restaurants begonnen. Es war wunderbar, Sie so zu entdecken.« Sie blickte ihn rasch an. »Hoffentlich war ich nicht allzu ungeschickt.«
»Sie waren Klasse. Aber was hätten Sie getan, wenn ich mit einem Mädchen gewesen wäre?«
Sie lachte. »So ziemlich dasselbe, nur daß ich Sie ›Sir‹ genannt hätte. Das Mädchen loszuwerden, hätte mir freilich Sorge gemacht. Im Falle einer Szene hätte ich ihr vorgeschlagen, sie in meinem Wagen heimzubringen, und Sie hätten eben ein Taxi nehmen müssen.«
»Sie haben Einfälle, das muß ich sagen! Wie lange sind Sie schon beim Geheimdienst?«
»Fünf Jahre. Aber jetzt zum erstenmal bei einer Station.«
»Macht's Ihnen Spaß?«
»Die Arbeit schon. Aber die Abende und die freien Tage werden mir lang. Es ist nicht leicht, in Paris Anschluß zu finden ohne« – ihr Mund verzog sich ironisch –, »ohne das andere. Nicht, daß ich prüde wäre«, fügte sie rasch hinzu, »aber irgendwie sind diese Franzosen so lästig. Sehen Sie, ich mußte aufhören, die Metro und den Bus zu benützen. Man kann fahren, wann man will, jedesmal hat man das Hinterteil voller blauer Flecken.« Sie lachte. »So hab ich mir diesen Wagen billig gekauft, und die anderen weichen mir sichtlich aus. Solange man die Fahrer nicht ansieht, kann man's auch mit dem ärgsten aufnehmen. Sie haben dann Angst, man hätte sie nicht gesehen, und die zerbeulte Karosserie beunruhigt sie so, daß sie einem genug Platz lassen.«

Sie waren am Rond Point angekommen. Wie um ihre Theorie zu bestätigen, fuhr sie rundherum und dann geradeaus in den von der Place de la Concorde heraufkommenden Verkehr hinein. Wie durch ein Wunder teilte sich die Kolonne und ließ sie unbehindert zur Avenue de Martignon durch.
»Nicht schlecht«, sagte Bond. »Aber machen Sie sich das nicht zur Gewohnheit! Es könnten auch ein paar französische Mary Anns in der Gegend sein.«
Lachend bog sie in die Avenue Gabrielle ein und fuhr vor dem Pariser Hauptquartier des Geheimdienstes vor. »Ich fahre nur im Dienst so«, sagte sie.
Bond stieg aus und kam zu ihrer Wagenseite herüber. »Also, besten Dank fürs Abholen. Wenn der Wirbel vorbei ist, darf ich dann zur Abwechslung *Sie* abholen? Mich kneift zwar niemand, aber mir ist Paris ebenso langweilig wie Ihnen.«
Sie schaute ihn mit ihren blauen, weit auseinanderstehenden Augen prüfend an. »Gern«, sagte sie ernsthaft. »Die Zentrale weiß immer, wo ich bin.«
Bond streckte seine Hand durchs Fenster und drückte die ihre am Lenkrad. »Sehr gut.« Sprach's, drehte sich um und ging rasch durch den Eingang.
Abteilungsleiter F, Oberstleutnant Rattray, war ein dicklicher, rotbackiger Mann mit hellblondem, zurückgekämmtem Haar. Manieriert gekleidet, mit umgeschlagenen Manschetten und Seitenschlitzen in der Jacke, mit Schmetterlingsschleife und Phantasieweste, machte er einen verweichlichten Eindruck, den nur die bedächtigen, ziemlich schlauen Augen Lügen straften. Er war Kettenraucher, und sein Büro stank nach Gauloises. Erleichtert begrüßte er Bond. »Wer hat Sie gefunden?«
»Die Russell. Bei Fouquet's. Ist sie neu?«
»Seit sechs Monaten hier. Tüchtig. Aber nehmen Sie doch Platz! Bei uns ist momentan der Teufel los, ich soll Sie nur informieren und gleich losschicken.« Er beugte sich zur Sprechanlage und drückte auf die Schaltung. »Funkspruch an M, bitte. Vom Chef der Station persönlich. ›007 gefunden und informiert.‹ Okay?« Er ließ den Schalter los.

Bond zog einen Stuhl an das offene Fenster, um den Gauloiseschwaden zu entgehen. Von den Champs-Elysées dröhnte der Verkehrslärm herüber. Noch vor einer halben Stunde hatte Bond Paris satt gehabt bis oben und sich auf seine Abreise gefreut. Jetzt hoffte er, in Paris bleiben zu können.
Oberstleutnant Rattray sagte: »Gestern hat man unseren Meldefahrer auf dem Weg von SHAPE zur Station St. Germain abgeknallt. Es war die wöchentliche Fahrt von der SHAPE-Geheimdienstabteilung mit den Zusammenfassungen, gemeinsamen Geheimberichten, der Kräfteverteilung hinterm Eisernen Vorhang — alles höchst vertraulich. Ein einziger Schuß in den Rücken. Es fehlt die Meldertasche, die Brieftasche und die Uhr.«
»Böse Sache«, meinte Bond. »War's nur ein Raubüberfall — oder hält man Brieftasche und Uhr für Tarnung?«
»Beim SHAPE-Sicherheitsdienst ist man sich nicht klar darüber, hält es aber eher für Tarnung. Sieben Uhr früh ist ja wirklich nicht die Zeit für einen Raubüberfall! Aber darüber können Sie sich selbst mit denen unterhalten. M schickt Sie als seinen persönlichen Vertreter. Er ist verdammt in Sorge. Abgesehen von dem Verlust der Geheimpapiere hat es den SHAPE-Leuten ja nie gefallen, daß wir eine unserer Stationen sozusagen außerhalb des Reservates haben. Seit Jahren versuchen sie, die St.-Germain-Gruppe dem SHAPE-Geheimdienst einzuverleiben. Aber Sie kennen doch M's Vorliebe für Unabhängigkeit. Mit dem NATO-Sicherheitsdienst war er ja nie glücklich. Und gerade in der SHAPE-Geheimdienstabteilung sitzen nicht nur zwei Franzosen und ein Italiener, sondern der Leiter ihrer Gegenspionage- und Sicherheitsabteilung ist ein Deutscher!«
Bond ließ einen Pfiff hören.
»Das Peinliche daran ist, daß SHAPE auf so etwas nur gewartet hat, um M's Position zu erschüttern. Jedenfalls meint er, Sie sollen sofort hingehen. Ich habe schon alles Nötige veranlaßt, auch die Pässe sind da. Sie melden sich bei Oberst Schreiber, Headquarters-Sicherheitsabteilung. Er ist Amerikaner, ein

tüchtiger Kerl. Er behandelt die Sache seit Beginn und hat, soweit ich sehe, bereits das Menschenmögliche unternommen.«
»Was hat er unternommen? Und was ist tatsächlich vorgefallen?«
Oberstleutnant Rattray nahm eine Karte vom Tisch und kam damit herüber. Es war die Micheline »Umgebung von Paris« in großem Maßstab. Er zeigte mit dem Bleistift auf einen Punkt. »Da ist Versailles, und hier, gerade nördlich des Parks, ist das große Autobahnkreuz Paris-Mantes und Versailles. Zweihundert Meter nördlich davon, an der N 194, liegt SHAPE. Jeden Mittwoch sieben Uhr früh fährt dort ein Meldefahrer des Sonderdienstes mit den erwähnten wöchentlichen Geheimberichten los. Er muß zu diesem kleinen Dorf, Fourqueux heißt es, gerade außerhalb von St. Germain, liefert dort unserem Offizier vom Dienst das Zeug ab und meldet sich um sieben Uhr dreißig wieder bei SHAPE zurück. Aus Sicherheitsgründen, und um das verbaute Gebiet zu vermeiden, hat er Befehl, hier die N 307 nach St. Nom zu nehmen, dann nach rechts auf die D 98 abzubiegen und nach Unterfahrung der Autobahn durch den Wald von St. Germain zu fahren. Die Entfernung beträgt etwa zwölf Kilometer, bei langsamem Tempo keine Viertelstunde. Gestern war's ein Korporal vom Nachrichtenkorps, ein verläßlicher Mann namens Bates. Als er sich um sieben Uhr fünfundvierzig noch nicht bei SHAPE zurückgemeldet hatte, schickten sie einen zweiten Fahrer los, um Bates zu suchen. Keine Spur. Auch bei unserem HQ hatte er sich nicht gemeldet. Um acht Uhr fünfzehn befaßte sich schon die Sicherheitsabteilung mit dem Fall, um neun waren die Straßen gesperrt. Die Polizei und das Deuxième waren benachrichtigt, und Suchtrupps wurden ausgeschickt. Aber erst gegen sechs Uhr abends haben die Suchhunde ihn gefunden. Bis dahin waren alle Spuren längst vom Verkehr ausgelöscht.« Rattray reichte Bond die Karte und trat an seinen Tisch zurück. »Ja, das ist so ziemlich alles, außer den üblichen Maßnahmen an Grenzübergängen, in Häfen, auf Flugplätzen und dergleichen. Aber das wird uns nicht

weiterbringen. Wenn es Profi-Arbeit war, von welcher Seite immer, dann war das Zeug schon zu Mittag außer Landes oder innerhalb einer Stunde in einer Pariser Gesandtschaft.«

Bond sagte ungeduldig: »Genau! Aber was, zum Teufel, erwartet M jetzt von *mir*? Daß ich den SHAPE-Leuten sage, sie sollen alles noch mal machen, nur besser? So was liegt aber schon *gar* nicht auf meiner Linie. Die reine Zeitverschwendung!«

Oberstleutnant Rattray lächelte teilnehmend. »So ziemlich den gleichen Standpunkt habe ich M gegenüber vertreten – natürlich mit dem gebotenen Takt. Aber der Alte war ganz vernünftig. Sagte bloß, er wolle SHAPE zeigen, daß er die Sache nicht weniger ernst nehme als sie. Und da Sie zufällig greifbar waren, meinte er, Sie hätten einen Sinn dafür, den unsichtbaren Faktor zu entdecken. Ich fragte ihn, wie er das meine, und er sagte, bei allen streng überwachten Hauptquartieren gäbe es diesen Unsichtbaren – diesen Mann, der so selbstverständlich da ist, daß man ihn einfach nicht bemerkt –, einen Gärtner, einen Fensterputzer, einen Briefträger. Ich machte geltend, daß SHAPE gerade deshalb alle Arbeiten von Soldaten besorgen läßt, aber M sagte nur, ich solle das alles nicht so wörtlich nehmen, und hängte ein.«

Bond mußte lachen. Er meinte, M's verärgertes Gesicht vor sich zu sehen, seine barsche Stimme zu hören. So sagte er nur: »Also schön. Will sehen, was ich tun kann. Bei wem melde ich mich zurück?«

»Hier. M will nicht, daß die St.-Germain-Gruppe damit zu tun bekommt. Alle Ihre Meldungen gehen von hier sofort per Fernschreiber nach London. Ich werde einen Dienst für Sie einteilen, den Sie Tag und Nacht erreichen können. Das könnte übrigens die Russell machen, die hat Sie ja auch gefunden! Paßt Ihnen das?«

»Jawohl«, sagte Bond. »Und ob mir das paßt.«

Der zerbeulte Peugeot, von Rattray kurzerhand requiriert, roch nach ihr. Im Handschuhfach lagen noch ihre Utensilien – eine halbe Tafel Suchard, eine Tüte mit Haarklemmen, ein

O'Hara-Paperback, ein einzelner schwarzer Wildlederhandschuh. Etwa bis zum Etoile dachte Bond an sie, dann schaltete er sie aus seinen Gedanken aus und lenkte den Wagen schnell durch den Bois. Rattray hatte gesagt, mit achtzig werde er fünfzehn Minuten brauchen, und Bond hatte erwidert, er werde halb so schnell, also doppelt so lange fahren, man möge ihn für halb zehn bei Oberst Schreiber anmelden. Nach der Porte de St. Cloud gab es nur wenig Verkehr, und Bond fuhr mit 110 über die Autobahn bis zur zweiten Ausfahrt rechts, wo der rote SHAPE-Hinweispfeil war. Bond kurvte die Böschung hinauf in die N 184. Zweihundert Meter weiter stand der Verkehrspolizist, auf den er achten sollte. Der Posten wies ihn linker Hand in die breite Einfahrt ein, und Bond fuhr zum ersten Kontrollpunkt.

Ein amerikanischer Polizist beugte sich aus der Kabine und prüfte Bonds Paß. Einfahren und warten. Jetzt nahm ein französischer Polizist seinen Paß, füllte einen Vordruck aus, gab ihm eine große Plastiknummer für die Windschutzscheibe und ließ ihn weiterfahren. Als Bond auf den Parkplatz kam, erstrahlten plötzlich hundert Bogenlampen und beleuchteten das Grundstück mit den niedrigen Baracken taghell. Bond fühlte sich nahezu nackt. Er ging über den freien Kiesplatz unter den Fahnen der NATO-Länder und stieg die vier flachen Stufen zu den breiten Glastüren hinauf, die zum Oberkommando der Alliierten Streitkräfte in Europa führen.

Hier war nun die Hauptkontrolle. Amerikanische und französische Militärpolizisten kontrollierten neuerlich seinen Paß und notierten die Einzelheiten. Dann wurde er einem britischen MP übergeben, der ihn durch den Hauptgang an zahllosen Bürotüren vorbeiführte. Sie trugen keine Namen, sondern das übliche Buchstaben-Abrakadabra aller Hauptquartiere. Auf einer Tür stand COMSTRIKFLTLANT AND SACLENT LIAISON TO SACEUR. Bond fragte nach dem Sinn dieser Aufschrift, aber der MP wußte es entweder wirklich nicht oder sagte aus Geheimhaltungsgründen nur: »Weiß nicht genau, Sir.«

Hinter der Tür zu »Colonel G. A. Schreiber, Headquarters-Sicherheitschef« saß ein Amerikaner mittleren Alters, steif wie ein Ladestock, mit angegrautem Haar und dem höflich-nichtssagenden Benehmen eines Bankdirektors. Auf seinem Tisch standen mehrere Familienfotos in Silberrahmen und eine Vase mit einer weißen Rose. Tabakgeruch war keiner im Zimmer. Nach vorsichtig freundlicher Einleitung beglückwünschte Bond den Obersten zu seinen Sicherheitsvorkehrungen. »All diese Kontrollen und Nachkontrollen machen es dem Gegner nicht leicht«, sagte er. »Ist Ihnen jemals vorher schon etwas abhanden gekommen, oder hat es irgendwann einmal Zeichen eines ernsthaften Anschlags gegeben?«
»Nein, Commander. Ich bin mit dem Hauptquartier sehr zufrieden. Sorgen machen mir nur die Außenstellen. Abgesehen von Ihrer Geheimdienstabteilung haben wir verschiedene Nachrichteneinheiten draußen — und dann natürlich die Ministerien von vierzehn Nationen! Ich kann nicht garantieren, ob nicht vielleicht dort etwas durchsickert.«
»Kein leichtes Geschäft«, stimmte Bond zu. »Jetzt aber zu dieser Geschichte: Gibt es etwas Neues, seit Oberstleutnant Rattray mit Ihnen gesprochen hat?«
»Wir haben das Geschoß gefunden. Luger. Hat das Rückgrat zerschmettert, Distanz zirka dreißig Meter. Falls unser Mann geradeaus fuhr, muß der Schuß genau hinter ihm aus gleicher Höhe abgefeuert worden sein. Da der Mörder nicht auf der Straße gewartet haben kann, muß er in oder auf einem Fahrzeug gesessen haben.«
»Dann hätte Ihr Mann ihn im Rückspiegel sehen müssen?«
»Wahrscheinlich.«
»Welche Weisungen haben Ihre Fahrer für den Fall, daß sie verfolgt werden?«
Der Oberst lächelte leicht. »Sie haben Auftrag, auf Teufel komm 'raus zu fahren.«
»Und mit welcher Geschwindigkeit ist Ihr Mann gestürzt?«
»Man nimmt an, daß er nicht sehr schnell war. Zwischen dreißig und sechzig. Worauf wollen Sie hinaus, Commander?«

»Ich frage mich, was Sie davon halten — ob es Profi- oder Amateurarbeit war. Wenn Ihr Mann nicht versucht hat zu entkommen, obwohl er den Mörder im Rückspiegel gesehen hat, so läßt das darauf schließen, daß er den Mann hinter sich eher für einen Freund hielt. Das läßt weiter auf eine Art Verkleidung schließen, die hierher paßt — auf etwas, das Ihr Mann sogar um sieben Uhr früh akzeptierte.«
Oberst Schreiber zog die Stirn kraus. In seiner Stimme lag eine gewisse Spannung, als er sagte: »Commander, wir haben selbstverständlich alle Seiten dieses Falles bedacht, auch die von Ihnen erwähnte. Gestern mittag hat der kommandierende General Alarmstufe in dieser Sache gegeben. Es wurde ein ständiger Ausschuß und ein Einsatzkommando gebildet, und von diesem Zeitpunkt an wurde jede Möglichkeit, jede Andeutung einer Spur gründlich geprüft. Und ich kann Ihnen sagen, Commander«, der Oberst hob seine wohlmaniküirte Hand und ließ sie betont auf die Schreibunterlage fallen, »sollte jemand auch nur eine entfernt originelle Idee zu diesem Fall haben, so müßte er schon *sehr* nahe mit Einstein verwandt sein! Es gibt nichts, wirklich nichts, was uns in diesem Fall weiterbringt.«
Teilnahmsvoll lächelnd erhob sich Bond. »Dann werde ich jetzt Ihre Zeit nicht weiter in Anspruch nehmen, Oberst. Wenn ich aber die Konferenzprotokolle einsehen könnte, um mich gründlich zu informieren, und wenn einer Ihrer Leute mir die Kantine und mein Zimmer zeigen möchte?«
»Gewiß, gewiß.« Der Oberst drückte auf einen Klingelknopf. Ein junger Mann mit Bürstenfrisur trat ein. »Proctor, führen Sie bitte den Commander auf sein Zimmer im VIP-Flügel, und bringen Sie ihn dann zur Bar und in die Kantine.« Er wandte sich Bond zu. »Sobald Sie gegessen haben, liegen die Protokolle hier für Sie bereit. Mitnehmen können Sie sie nicht, aber im Nebenzimmer werden Sie finden, was Sie brauchen, und Proctor kann Ihnen in allen Dingen an die Hand gehen.« Er streckte die Rechte aus. »Okay? Dann sehe ich Sie also morgen früh.«
Bond sagte gute Nacht und folgte dem Sekretär. Während er

durch die neutral gestrichenen, neutral riechenden Gänge ging, kam es ihm in den Sinn, daß dies wohl der aussichtsloseste Auftrag war, den er je bekommen hatte. Wenn die Abwehrchefs von vierzehn Nationen nicht weiter wußten, was hatte er da noch zu hoffen? Als er an diesem Abend in dem spartanisch möblierten Gästezimmer zu Bett ging, beschloß er, dieser Sache noch zwei Tage zu widmen – hauptsächlich, um so lange als möglich mit Mary Ann Russell in Kontakt zu bleiben – und dann aufzugeben. Nach diesem Entschluß fiel er sofort in tiefen Schlaf.

Nicht zwei, sondern vier Tage später, der Morgen stieg über dem Wald von St. Germain herauf, lag James Bond auf dem dicken Ast einer Eiche und spähte hinunter auf die kleine leere Lichtung hinter den Bäumen längs der Mordstraße.

Er trug einen Tarnanzug eines Fallschirmjägers, und sogar seine Hände und sein Gesicht waren mit dem Stoff bedeckt – nur Schlitze für Augen und Mund waren gelassen. Es war eine gute Tarnung, die mit der höhersteigenden Sonne immer besser zu werden versprach. Vom Boden aus, sogar direkt unter seinem Platz, konnte er nicht gesehen werden.

Es war so gekommen: Wie erwartet, waren die ersten zwei Tage reine Zeitverschwendung gewesen. Bond hatte lediglich erreicht, sich durch seine hartnäckigen Rückfragen allseits unbeliebt zu machen. Am Morgen des dritten Tages, ohnehin schon im Begriff, sich verabschieden zu gehen, erhielt er einen Anruf vom Oberst. »Oh, Commander, ich wollte Ihnen nur sagen, daß die letzte Hundegruppe gestern erst spät nachts hereingekommen ist – es war ja Ihre Idee, den ganzen Wald absuchen zu lassen. Tut mir leid« – die Stimme klang gar nicht danach –, »aber alles absolut negativ.«

»Oh – mein Fehler, diese Zeitverschwendung!« Und hauptsächlich, um den Oberst zu ärgern, fügte Bond noch hinzu: »Macht es Ihnen was aus, wenn ich selbst noch mit dem Hundeführer spreche?«

»Aber bitte! Ganz wie Sie wünschen. Übrigens, Commander,

wie lange gedenken Sie noch zu bleiben? Wir freuen uns, Sie hier zu haben – aber es handelt sich um Ihr Zimmer. Demnächst kommt nämlich eine größere Gesellschaft aus Holland herein. Hochrangiger Stabskurs oder so was Ähnliches, und die Verwaltung sagt, daß wir knapp an Räumen sind.«
Bond hatte nicht erwartet, sich mit Oberst Schreiber gut zu vertragen, und hatte es auch gar nicht getan. Nun sagte er freundlich: »Ich werde sehen, was mein Chef dazu sagt, und rufe dann zurück, Oberst.«
»Ja bitte, tun Sie das.« Des Obersten Stimme war nicht minder höflich, doch schien die Höflichkeit beider Sprecher damit erschöpft zu sein, denn beide Hörer wurden gleichzeitig aufgelegt.
Der leitende Hundeführer war ein Franzose aus den Landes. Er hatte den raschen, schlauen Blick eines Wilderers. Bond fand ihn beim Hundezwinger. Da die Hunde Lärm schlugen – die Nähe des Abrichters war zuviel für sie –, führte er Bond in den kleinen Dienstraum, dessen Wände mit Ferngläsern, Regenmänteln, Gummischuhen, Hundehalsbändern und anderem Gerät behängt waren. Des weiteren gab es zwei Holzstühle und einen Tisch mit einer Karte des Waldes von St. Germain in großem Maßstab. Sie war mit Bleistift in Planquadrate unterteilt. Der Hundeführer strich über die Karte: »Wir haben alles abgesucht, Monsieur, aber nichts gefunden.«
»Wollen Sie damit sagen, die Hunde hätten kein einziges Mal angezeigt?«
Der Mann kratzte sich den Kopf. »Wir hatten ein paar Zwischenfälle mit Wild, Monsieur. Ein, zwei Hasen und zwei Fuchsbaue. Und dann noch die Scherereien auf der Lichtung in der Nähe des *Carrefour Royal*. Wahrscheinlich wittern sie dort noch immer die Zigeuner.«
»Aha.« Bond verspürte nur geringes Interesse. »Zeigen Sie mir's. Was waren das für Zigeuner?«
Der Mann fuhr mit einem schmutzigen kleinen Finger über die Karte. »Die Namen stammen noch aus früheren Zeiten: hier die *Etoile Parfaite*, und hier, beim Tatort, das *Carrefour*

des Curieux. Und hier ist das *Carrefour Royal*, die Grundlinie des Dreiecks. Es bildet«, fügte er bedeutsam hinzu, »mit der Mordstraße ein Kreuz.« Er holte einen Bleistift aus der Tasche und machte knapp neben der Kreuzung einen Punkt. »Und dies hier ist die Lichtung, Monsieur. Den Winter über lagerte hier eine Gruppe Zigeuner. Vorigen Monat sind sie weitergezogen. Sie haben den Platz zwar aufgeräumt, aber für die Hunde bleibt der Geruch noch monatelang spürbar.«

Bond dankte ihm und bestieg, nachdem er die Hunde noch gebührend bewundert und mit dem Hundeführer über dessen Beruf geplaudert hatte, seinen Peugeot, um zur Gendarmerie nach St. Germain zu fahren. Ja, dort hatte man die Zigeuner gekannt. Sie hatten wirklich wie Zigeuner ausgesehen, kaum ein Wort Französisch gesprochen, waren aber sonst ganz anständig gewesen. Keinerlei Grund zur Klage. Im ganzen sechs Männer und zwei Frauen. Nein, wegfahren sehen hatte sie niemand. Eines Morgens waren sie einfach fort gewesen. Das mochte nun etwa eine Woche her sein, sie hatten ja einen ganz entlegenen Platz gewählt.

Bond durchfuhr den Wald auf der D 98. Sobald 400 Meter voraus die große Autobahnbrücke auftauchte, beschleunigte er seine Fahrt und stellte dann den Motor ab, um geräuschlos zum *Carrefour Royal* zu gelangen. Dort stieg er leise aus dem Wagen und schlich, obwohl er sich in seiner Rolle eher komisch fühlte, durch den Wald auf die Lichtung zu. Nach etwa zwanzig Metern hatte er sie erreicht. Von Unterholz und Bäumen gedeckt sah er sich die Lichtung sorgfältig an, betrat sie dann und schritt sie bis zum anderen Ende aus. Sie hatte das Ausmaß von zwei Tennisplätzen und war mit dichtem Gras und Moos bedeckt. Ein großer Fleck Maiglöckchen war da, und unter den Bäumen am Rand wuchsen vereinzelt Glockenblumen. Auf der einen Seite erhob sich ein niedriger Erdhügel, vielleicht ein alter Grabhügel, ganz von Brombeersträuchern und wilden Rosen überwuchert, die jetzt in voller Blüte standen. Bond umschritt den Hügel und spähte zwischen die Wurzeln hinein. Aber nur die Erdform des Hügels war zu sehen.

Nach einem letzten Rundblick begab Bond sich zu jener Ecke der Lichtung, die der Straße zunächst lag. Hier gab es einen bequemen Zugang. Aber an Spuren zeigte sich nicht mehr, als von den Zigeunern zurückgeblieben sein konnte oder von den Picknicks des vergangenen Jahres. Am Straßenrand war ein schmaler Durchgang zwischen zwei Stämmen, die Bond oberflächlich abzusuchen begann.

Plötzlich erstarrte er und ließ sich dann auf die Knie nieder. Vorsichtig kratzte er ein Streifchen getrockneten Schlamms von der Rinde. Es verdeckte einen tiefen Kratzer in dem Baumstamm. Bond entdeckte deren drei auf dem einen und vier auf dem anderen Stamm. Rasch trat er unter den Bäumen hervor auf die Straße. Sie fiel hier leicht zur Autobahnbrücke ab, und so schob Bond seinen Wagen an, sprang hinein und rollte geräuschlos davon. Erst als er schon fast unter der Brücke war, kuppelte er ein.

Und jetzt war Bond wieder auf der Lichtung, besser gesagt *über* ihr, und wußte noch immer nicht, ob er mit seiner Vermutung recht hatte. M's Ausspruch und die Erwähnung der Zigeuner – diese beiden Dinge hatten ihn auf die Spur gebracht, falls es überhaupt eine war. Zigeuner! Da war er ja, der »unsichtbare Faktor«! Der »unsichtbare Mann«! Diese Zigeuner gehörten so zum Hintergrund, daß man sie gar nicht mehr sah. Sechs Männer und zwei Frauen, die kaum ein Wort Französisch gesprochen hatten! Zigeuner, das war eine gute Tarnung. Als Zigeuner war man Ausländer und doch kein Ausländer. Nun waren sie weitergezogen. Aber konnten nicht einige von ihnen in einem wintersüber errichteten Versteck zurückgeblieben sein, um von dort aus zu operieren? Vielleicht war der Raub der Geheimpapiere ihr erster Einsatz gewesen? Erst die so sorgfältig verborgenen Kratzer an den zwei Stämmen hatten Bond auf diese Idee gebracht. Sie befanden sich genau in Pedalhöhe eines getragenen Rades!

Hirngespinst oder nicht – Bond fragte sich, ob es bei diesem einen Anschlag bleiben würde. Er hatte seinen Verdacht nur der Station F berichtet, und Mary Ann Russell hatte ihn zur

Vorsicht ermahnt. Ihr Chef hatte ein übriges getan und die St.-Germain-Gruppe zu Bonds Unterstützung beordert. So hatte Bond sich von Oberst Schreiber verabschiedet und war ins Hauptquartier der Gruppe übersiedelt, in ein unscheinbares Haus in einer noch unscheinbareren Dorfstraße. Dort hatte man ihm den Tarnanzug besorgt, und die vier Geheimdienstleute hatten sich ihm bereitwilligst zur Verfügung gestellt. Wie er waren auch sie sich klar darüber, daß der britische Geheimdienst gegenüber SHAPE ungemein an Prestige gewinnen würde, falls Bond das Rennen allein machte. M's Sorgen um die Unabhängigkeit seiner Einheit würden dann ein für allemal ihr Ende haben.
Auf einem Eichenast liegend, grinste Bond vor sich hin. Privatarmeen, Privatkriege: wieviel Energie entzog das der gemeinsamen Sache, wie sehr lenkte es vom gemeinsamen Feind ab!
Sechs Uhr dreißig, Zeit fürs Frühstück. Vorsichtig tastete Bond in seinem Kampfanzug nach den Glukosetabletten, fand sie, steckte eine durch den Mundschlitz, ließ sie langsam zergehen und nahm noch eine zweite. Dabei ließ er die Lichtung nicht aus den Augen. Das rote Eichhörnchen, das mit dem ersten Licht aufgetaucht war, knabberte noch immer an den Buchenschößlingen, die beiden Wildtauben setzten ihre ungeschickten Liebesspiele fort, und das Spatzenpaar war ohne Unterlaß mit dem Nestbau beschäftigt. Die dicke Drossel fand endlich ihren Wurm, und Schwärme von Bienen umsummten die Rosen auf dem Hügel. Seit vier Uhr morgens lag Bond nun in seinem Versteck und kam sich inmitten dieses Märchenmorgens nachgerade wie ein Idiot vor. Fehlte nur noch, daß so ein blöder Vogel sich ihm auf den Kopf setzte!
Den ersten Alarm gaben die Tauben: mit lautem Flügelschlag flüchteten sie in die Bäume, gefolgt von den anderen Vögeln und dem Eichhörnchen. Nur mehr das Bienengesumm war jetzt vernehmbar. Was hatte die Tiere alarmiert? Bond bekam Herzklopfen. Er durchspähte die Lichtung nach einem Anhaltspunkt. Etwas regte sich – es war unter den Rosen, eine kaum wahrnehmbare, aber ungewöhnliche Bewegung!

Langsam, zentimeterweise, stieg dort ein einzelner, dorniger Stengel, unnatürlich gerade und dick, durch die Zweige. Stieg, bis er den Busch um gute dreißig Zentimeter überragte. Der Stengel trug eine einzige Rose. Bei oberflächlichem Hinsehen wirkte sie ganz natürlich. Aber jetzt entfalteten sich die Rosenblätter, klappten herunter und gaben eine Glaslinse von Shillinggröße frei! Sie schien direkt auf Bond zu starren, beschrieb dann aber eine langsame Drehung um die eigene Achse bis zurück zur Ausgangsstellung. Dann klappten die Blätter wieder zu, und langsam versank die Rose wieder im Busch.

Bonds Atem ging schneller. Für einen Moment schloß er die überanstrengten Augen. Da hatte man's! Zigeuner! Wenn diese Maschinerie nicht trog, dann befand sich unter diesem Hügel der fachmännisch bestinstallierte Spionageposten, der je irgendwo zurückgelassen worden war. Ein erwartungsvoller Schauer – fast eine Vorahnung von Furcht – überlief Bonds Rücken. Er hatte also recht gehabt! Was würde das nächste sein?

Etwas begann in dem Hügel zu summen – ein Elektromotor? Der Rosenstrauch erbebte. Die Bienenwolke flog auf – und setzte sich wieder. Langsam tat sich in der Mitte des großen Strauchs ein Spalt auf und verbreiterte sich, bis der ganze Strauch wie eine Doppeltür auseinanderklappte. Das Motorsummen war jetzt lauter geworden, das Metall der Kuppeltüren glänzte in der Sonne. Jetzt standen die beiden Segmente ganz offen, ebenso wie der von Bienen wimmelnde Rosenstrauch. Am Grunde der dunklen Öffnung schimmerte fahlgelb elektrisches Licht. Der Motorlärm war verstummt.

Ein Mann schob sich durch die Öffnung und betrat geduckt um sich spähend die Lichtung. In seiner Hand lag eine Pistole – die Luger! Sichtlich beruhigt winkte er in den Schacht hinunter. Kopf und Schultern eines zweiten Mannes erschienen. Er reichte drei Paar schneeschuhartige Geflechte heraus und verschwand wieder. Der erste kniete nieder und befestigte ein Paar davon an seinen Schuhen. Nun hinterließ er keine Fußspuren. Bond mußte grinsen. Gerissene Hunde!

Wieder tauchte der zweite Mann auf, dann ein dritter. Gemeinsam hoben sie ein Motorrad aus dem Schacht und hielten es hoch, während der erste – offenbar ihr Chef – auch ihnen die Geflechte anschnallte. Dann schritten sie hintereinander zwischen den Stämmen zur Straße, vorsichtig die Füße hebend, was außerordentlich unheimlich wirkte.
Mit einem Seufzer der Erleichterung ließ Bond den Kopf sinken. Das also war es! Jetzt war ihm alles klar! Die beiden Untergebenen trugen Overalls, ihr Chef aber steckte in der Uniform des Königlichen Nachrichtenkorps, und sein Motorrad war eine olivgrüne BSA M 120 mit britischer Armeenummer auf dem Benzintank. Kein Wunder, daß ihn der Meldefahrer von SHAPE hatte an sich herankommen lassen! Was aber geschah mit den erbeuteten Geheimdokumenten? Wahrscheinlich wurde nachts das Wichtigste daraus per Funk durchgegeben. Dann stieg statt des Periskops wohl eine Antenne aus dem Busch, der Generator wurde eingeschaltet, und die verschlüsselten Buchstabengruppen gingen hinaus in die Nacht. Nach welchem Schlüssel? Wenn es gelang, die ganze Gruppe *draußen* festzunehmen, würde man im Schacht wichtiges Geheimmaterial vorfinden! Vielleicht konnte man dann sogar dem GRU, dem sowjetischen Militärgeheimdienst, falsche Nachrichten übermitteln!
Die beiden Gehilfen kamen zurück und verschwanden in dem Schacht, über dem der Rosenstrauch sich schloß. Der Chef mit seiner Maschine wartete jetzt wohl im Gebüsch des Straßenrands. Bond sah auf die Uhr: na klar! Sechs Uhr fünfundfünfzig! Er wartete auf den Meldefahrer. Entweder wußte er nicht, daß der nur einmal in der Woche fuhr, oder – was wahrscheinlicher war – er nahm an, SHAPE habe nach dem Mord den Turnus geändert. Gründliche Burschen! Wahrscheinlich hatten sie Auftrag, so viel als möglich *vor* dem Sommer zu erledigen, bevor noch die Ausflügler den Wald unsicher machten. Dann würde die Gruppe abgezogen werden und erst im Winter wiederkommen. Aber was immer sie auf lange Sicht vorhatten – im Augenblick war der nächste Mord fällig.

Die Minuten verstrichen. Um sieben Uhr zehn erschien der Anführer wieder. Im Schatten eines großen Baumes blieb er stehen und stieß einen kurzen, hohen Signalpfiff aus. Der Rosenstrauch öffnete sich, die beiden Gehilfen erschienen wieder und folgten dem Mann unter die Bäume. Nach zwei Minuten waren sie mit dem Motorrad wieder zurück. Noch ein sorgsamer Rundblick nach etwa hinterlassenen Spuren – dann lag die Lichtung still wie zuvor.
Nach einer weiteren Stunde – die hochstehende Sonne warf schon stärkere Schatten – glitt Bond leise von seinem Ast herab, ließ sich sanft auf das Moos hinter den Brombeeren fallen und verschwand im Wald.

Das übliche Abendtelefonat mit Mary Ann Russell nahm eine stürmische Wendung. Sie sagte: »Sie sind verrückt! Ich lasse Sie das nicht tun! Ich werde unseren Chef bei Oberst Schreiber anrufen lassen, er soll ihm das Ganze durchgeben. Das ist eine SHAPE-Sache und nicht die Ihre!«
Bond erwiderte scharf. »Auf keinen Fall werden Sie das tun!« sagte er. »Oberst Schreiber ist absolut damit einverstanden, daß ich morgen früh statt des Meldefahrers vom Dienst eine Scheinfahrt mache. Mehr braucht er derzeit noch nicht zu wissen. Eine Art Rekonstruktion des Verbrechens eben. Ihm ist's ohnehin egal, denn über dieser Sache sind die Akten bereits geschlossen. Also seien Sie lieb und tun Sie, was man Ihnen sagt! Geben Sie meinen Bericht per Fernschreiber unverzüglich an M durch. *Er* wird einsehen, warum ich die Sache klarstellen muß, und nichts dagegen haben.«
»Zum Teufel mit diesem M! Zum Teufel mit Ihnen und dem ganzen blödsinnigen Geheimdienst!« Zornestränen erstickten ihre Stimme. »Nichts als ein Haufen Lausbuben seid ihr, die Indianer spielen! Diese Leute allein auf sich zu nehmen! Das ist Angabe, nichts als Angeberei ist das!«
Jetzt begann auch Bond sich zu ärgern. »Jetzt ist aber Schluß, Mary Ann! Geben Sie meinen Bericht in den Fernschreiber! Tut mir leid, aber das ist ein Befehl!«

»Ja, ist schon gut«, kam es resigniert zurück, »Sie brauchen nicht gleich Ihren Dienstgrad herauszukehren. Kommen Sie nur nicht zu Schaden – na, übrigens können ja die Burschen von der Station hinterher Ihre Überreste einsammeln. Alles Gute also!«

»Vielen Dank, Mary Ann! Und wollen Sie morgen mit mir dinieren? In irgendeinem Lokal wie dem Armenonville? Mit rotem Champagner und Zigeunermusik! Nach der ›Frühling-in-Paris‹-Masche?«

»Ja«, sagte sie ernsthaft. »Sehr gern. Aber um so mehr müssen Sie auf sich achtgeben. Werden Sie – bitte?«

»Aber natürlich werd' ich! Keine Sorge. Gute Nacht!«

»Nacht.«

Den Rest des Abends verbrachte Bond damit, seinen Plan bis ins einzelne auszuarbeiten und seine vier Mann noch ein letztes Mal zu instruieren.

Wieder war es ein schöner Tag. Bequem saß Bond auf der vibrierenden BSA, fertig zur Abfahrt. Kaum konnte er an den Hinterhalt glauben, der ihn gleich jenseits des *Carrefour Royal* erwartete. Während der Korporal vom Nachrichtenkorps ihm die leere Meldertasche aushändigte und sich anschickte, das Startzeichen zu geben, sagte er: »Sie sehen aus, als wären Sie schon immer im Königlichen Korps gewesen. Zeit für einen Haarschnitt, würd' ich sagen, aber die Uniform sitzt wie angegossen. Wie gefällt Ihnen die Maschine, Sir?«

»Geht traumhaft. Wußte gar nicht mehr, wieviel Spaß die Dinger machen!«

»Trotzdem, ein kleiner Austin A 40 ist mir jederzeit lieber, Sir.« Der Korporal sah auf die Uhr. »Gleich sieben durch!« Er hielt den Daumen hoch. »Okay!«

Bond schob sich die Schutzbrille zurecht, hob grüßend die Hand, trat die Maschine an und staubte über den Kies zum Haupttor hinaus.

Über die 184 zur 307, durch Bailly und Noisy-le-Roi! Jetzt kam das Stück nach St. Nom, da mußte er scharf nach rechts abbiegen auf die D 98, die »Mordstraße«, wie der Hundeführer sie genannt hatte. Bond fuhr auf den Grasstreifen und kontrollierte nochmals den langläufigen 45er-Colt. Er verstaute die körperwarme Waffe wieder an der Brust und ließ den Knopf offen. Auf die Plätze! Fertig . . .!

Bond nahm die scharfe Kurve und ging auf achtzig hinauf. Jetzt kam der Autobahnviadukt! Sein schwarzes Maul schluckte ihn ein. Der Auspufflärm war enorm. Sekundenlang umwehte Bond der feuchtwarme Tunnelgeruch, dann war er durch und brauste im Sonnenschein über das *Carrefour Royal.* Vor ihm glänzte auf drei Kilometer der geölte Makadam schnurgerade durch den Zauberwald, und es roch angenehm nach Blättern und Tau. Bond ging auf siebzig herunter. Der Rückspiegel zu seiner Linken vibrierte leicht und zeigte das verkehrt abrollende leere Straßenband zwischen dem grün aufschäumenden Kielwasser aus wegströmenden Baumreihen. Von dem Mörder keine Spur. Hatte er Angst bekommen? Hatte es eine Störung gegeben? Aber dann erschien ein kleiner schwarzer Punkt in der Spiegelmitte – zuerst eine Mücke nur, aus der nach und nach eine Fliege wurde, dann eine Biene, dann ein Käfer! Bald war es ein tief über die Lenkstange gebeugter Sturzhelm zwischen zwei großen schwarzen Pranken. Gott, kam der schnell heran! Bonds Augen gingen zwischen der Straße und ihrem Spiegelbild hin und her. Jetzt griff der Mörder nach der Pistole . . .!

Bond ging herunter – fünfzig, vierzig, fünfunddreißig. Die Fahrbahn war glatt wie Metall. Ein letzter Blick in den Spiegel: die rechte Hand hatte die Lenkung losgelassen, und die Sonnenspiegelung setzte dem Mann da hinten plötzlich Feueraugen unter den Sturzhelm. *Jetzt!* Bond bremste scharf und ließ die BSA schräg wegschleudern. Gleichzeitig stellte er den Motor ab. Aber er war mit dem Ziehen nicht schnell genug! Zweimal flammte es aus der Pistole des Mörders, und ein Geschoß schlug neben Bonds Schenkel in die Sattelfederung. Dann aber sprach der Colt nur einmal, und es war, als hätte jemand den Mörder samt seiner Maschine mit dem Lasso von

der Straße gerissen. Quer über den Graben krachten Mann und Maschine kopfüber gegen den Stamm einer Buche. Sekundenlang klebte das Gewirr aus Gliedmaßen und Metall an dem breiten Stamm, dann stürzte es unter metallischem Todesröcheln rücklings ins Gras.
Bond stieg ab und trat zu dem häßlichen Knäuel aus Khaki und rauchenden Stahlteilen. Pulsfühlen war hier überflüssig: wo immer der Schuß auch getroffen hatte – der Sturzhelm war geborsten wie eine Eierschale. Bond wandte sich ab und steckte den Revolver in die Jacke. Er hatte Glück gehabt und wollte es nicht noch weiter herausfordern. So bestieg er seine BSA und fuhr die Richtung wieder zurück, aus der er gekommen war.
Nachdem er die Maschine an einen der zernarbten Stämme gelehnt hatte, schlich er zum Rande der Lichtung. Dort, im Schatten der großen Buche, befeuchtete er die Lippen und ahmte den Vogelpfiff des Mörders nach. Er wartete. Hatte er's nicht getroffen? Aber da begann der Strauch zu beben, und der hohe, dünne Maschinenton erklang. Bond hakte seinen rechten Daumen knapp neben dem Revolvergriff in den Gürtel. Er hoffte, nicht nochmals töten zu müssen, denn die beiden Gehilfen waren anscheinend nicht bewaffnet gewesen. Bei einigem Glück würden sie nahe genug herankommen.
Jetzt waren die Kuppeltüren offen. Von seinem Standpunkt aus konnte Bond den Schacht nicht einsehen, aber schon war der erste Mann draußen und legte seine Schneeschuhe an. Die Schneeschuhe! Bonds Herzschlag stockte: *die* hatte er vergessen! Sie mußten dort hinten im Gebüsch versteckt sein. Idiotisch! Ob die beiden es merken würden?
Langsam kamen sie auf ihn zu, vorsichtig die Füße setzend. Als sie auf sechs Meter heran waren, sagte der erste etwas. Es klang wie Russisch. Als Bond die Antwort schuldig blieb, verhielten beide und starrten ihn erstaunt an. Bond spürte die Gefahr, riß den Revolver heraus und ging in die Hocke. »Hände hoch!« Er machte eine Geste mit der Coltmündung. Der Vordermann rief einen Befehl und warf sich nach vorn.

Gleichzeitig rannte der andere zum Versteck zurück. Zwischen den Stämmen bellte ein Gewehrschuß, und das rechte Bein des Rennenden knickte kraftlos zusammen. Ein Mann von der Station verließ seine Deckung und rannte herzu. Bond ließ sich auf ein Knie nieder und stieß den Revolverlauf gegen den anprallenden Körper des ersten. Er traf, aber schon war der Mann über ihm. Bond sah Fingernägel gegen seine Augen stoßen, duckte ab und rannte in einen Uppercut. Eine Hand preßte sein rechtes Handgelenk zusammen und drehte es mit dem Revolver langsam gegen ihn. Da er nicht töten wollte, war die Waffe noch gesichert. Nun versuchte Bond, den Daumen an den Sicherungshebel zu kriegen, erhielt aber einen Tritt gegen die Schläfe. Er ließ den Revolver los und fiel zurück. Wie durch einen roten Nebel sah er die Revolvermündung sich gegen sein Gesicht richten.
Nun würde er sterben – sterben, weil er Mitleid gezeigt hatte ...!
Aber plötzlich war die Mündung fort und kein Gewicht mehr auf ihm! Bond kam auf die Knie und richtete sich auf: Der neben ihm im Gras ausgespreizte Körper machte seinen letzten Fußstoß. Der Rücken des Overalls zeigte blutige Risse. Bond blickte um sich. Die vier Mann von der Station standen in einer Gruppe beisammen. Bond löste den Riemen seines Sturzhelms und rieb sich den schmerzenden Kopf. »Na also, besten Dank«, sagte er. »Wer hat's getan?«
Keiner antwortete. Die Männer sahen verlegen drein.
Erstaunt trat Bond auf sie zu. »Was ist denn los mit euch?«
Da bemerkte er eine Bewegung hinter den vieren. Ein Bein wurde sichtbar – ein Frauenbein. Bond lachte auf. Verlegen grinsend blickten die vier sich um. Mary Ann Russell, in braunem Hemd und schwarzen Hosen, die Hände hoch erhoben, kam von hinten heran. Sie hielt noch die 22er-Zielpistole, steckte sie aber weg, während sie auf Bond zutrat und ängstlich fragte: »Sie werden doch niemandem Vorwürfe machen, bitte? Ich wollte heute früh Ihre Leute um keinen Preis allein losziehen lassen!« Sie blickte Bond bittend an. »Es war wirk-

lich ganz gut, daß ich mitkam – ich meine, ich war rein zufällig als erste heran. Keiner wollte schießen, aus Angst, Sie zu treffen.«

Bond lächelte ihr zu. »Wären Sie nicht gekommen, so könnte ich unsere Dinnerverabredung nicht einhalten.« Er wandte sich an die Männer, wurde dienstlich: »In Ordnung, Leute! Einer von euch nimmt das Motorrad und berichtet Oberst Schreiber das Wesentliche. Wir anderen warten auf seine Männer, bevor wir uns das Versteck ansehen. Und er möchte doch zwei Anti-Sabotageleute mitschicken, vielleicht ist die Bude vermint, ja?«

Dann faßte er das Mädchen am Arm und sagte: »Und jetzt kommst du mit. Ich möchte dir ein Vogelnest zeigen.«

»Ist das ein Befehl?«

»Ja.«

Globus – meistbietend zu versteigern

Das rote Telefon zerriß mit seinem Schrillen die Langeweile eines knallheißen Junitages mitten in der Saure-Gurken-Zeit. James Bond zuckte unter dem unerwarteten Geräusch zusammen und griff in einer Reflexbewegung zur linken Achsel, wo sonst sein Pistolenhalfter steckte.

Sein Jackett hatte er einfach auf den Boden geworfen. Warum sollte er auch das Ding über die Stuhllehne hängen, wenn doch keine Arbeit in Sicht war?

Überall auf der Welt herrschte Ruhe, und was auf seinen Schreibtisch kam, waren reine Routineangelegenheiten. Aus den täglichen Geheiminformationen gähnte ihm dieselbe Langeweile entgegen wie aus den Zeitungen, die mangels besseren Lesestoffs lokale Skandalgeschichten ausgruben. Sowohl die SITREP-Mappe mit dem Stempel »TOP SECRET« wie auch die Zeitungen werden ja erst durch Skandale lesbar.

James Bond haßte nichts so sehr wie diesen Leerlauf. Vor ihm lag ein unlesbarer Bericht der wissenschaftlichen Abteilung über eine Neuentwicklung der Russen – ein Zyanidgas, das sich aus einer simplen Wasserpistole für Kinder versprühen ließ. Ein Schuß ins Gesicht aus fünfundzwanzig Schritt Entfernung wirkte angeblich auf der Stelle. Die Symptome waren von denen eines tödlichen Herzschlags nicht zu unterscheiden.

Das zweite Schrillen des roten Telefons brachte James Bond endgültig in die Gegenwart zurück. Er verzog den Mund, weil ihm seine Fehlreaktion bewußt wurde, und griff zum Hörer.

»Sir?« – »Sir.« Nichts weiter.

Er stand auf und hob sein Jackett vom Boden auf. Nachdem er es übergestreift hatte, war er wieder im Dienst und hellwach – wie ein müder Seemann, der seine Mütze aufsetzt, bevor er auf die Kommandobrücke gerufen wird.

Er ging in den Vorraum und unterdrückte den Wunsch, Mary Goodnights goldblonde Dauerwellen ein bißchen zu zerzausen.

»Mr. M«, sagte er.

Der teppichbelegte Flur führte an der benachbarten Nachrichtenabteilung vorbei. Durch die geschlossenen Türen hörte er gedämpft das aufgeregte Ticken und Summen. Dann trug ihn der Lift zum achten Stock hinauf.

Miß Moneypenny begrüßte ihn mit einem nichtssagenden Lächeln. Wenn sie etwas wußte, dann drückte sich das für gewöhnlich in ihrer Miene aus: Erregung, Neugier, manchmal auch Ermutigung oder Ärger, wenn ihn eine Zigarre erwartete. Also handelt es sich um eine langweilige Routinesache, dachte James Bond, öffnete die Tür zum Allerheiligsten ohne besonders hochgeschraubte Erwartungen.

Links von M saß ein Besucher, den James Bond nicht kannte. Der Mann blickte nur flüchtig auf, als Bond wie gewohnt vor dem mit rotem Leder bezogenen Schreibtisch Platz nahm.

M sagte förmlich: »Dr. Fanshawe – Sie kennen Commander Bond aus meiner Untersuchungsabteilung wahrscheinlich noch nicht.«

An derartige Untertreibungen war Bond gewöhnt. Er stand auf und streckte die Hand aus. Dr. Fanshawe erhob sich ebenfalls, berührte für einen kurzen Augenblick Bonds Hand und setzte sich hastig wieder hin, als hätte er glühende Kohlen angefaßt.

Falls er mich überhaupt wahrgenommen hat, dann muß sein Auge mit einer Blende von einer tausendstel Sekunde arbeiten, dachte Bond. Offensichtlich einer von den Experten, die sich mehr mit Zahlen, Fakten und Theorien als mit menschlichen Wesen befassen.

Es wäre James Bond lieber gewesen, wenn M ihn auf den Besuch kurz vorbereitet hätte. Diese etwas kindischen Überraschungseffekte mochte er nicht. Aber dann fiel ihm wieder ein, wie sehr er selbst sich vor zehn Minuten noch gelangweilt hatte. Er versetzte sich in M's Lage. Sicher hatte der Chef genauso unter der Junihitze und dem bedrückenden Leerlauf der Saure-Gurken-Zeit gelitten und hatte nun sein Vergnügen daran, diese ebenso unerwartete wie bescheidene Unterbrechung der Langeweile gründlich auszukosten.

Dr. Fanshawe war ein Mann in mittleren Jahren, rosig und wohlgenährt. Er kleidete sich nach der neukonservativen Mode – dunkelblaue Jacke mit Manschetten und vier Knöpfen, eine Perle in der teuren Seidenkrawatte, fleckenloser Edward-Kragen, Manschettenknöpfe aus antiken Münzen, Kneifer an einem dicken, schwarzen Band – und wirkte alles in allem ziemlich geckenhaft. Bond stufte ihn bei sich als Literaten ein; möglicherweise war er ein Zeitungskritiker, ein Junggeselle, vielleicht sogar einer mit homosexuellen Neigungen.
M erklärte: »Dr. Fanshawe ist eine bekannte Autorität für antiken Schmuck. Auf diesem Gebiet fungiert er auch als Berater für den Zoll und CID, aber das ist natürlich vertraulich. Unsere Kollegen von der Abteilung M I 5 haben ihn an uns verwiesen. Es handelt sich um unsere liebe Miß Freudenstein.«
Bond hob überrascht die Augenbrauen. Maria Freudenstein arbeitete als Agentin des KGB – des sowjetischen Staatssicherheitsdienstes – mitten im Herzen des britischen Geheimdienstes, und zwar in der Nachrichtenabteilung. Sie arbeitete in einer streng abgeschlossenen Abteilung mit dem »Purpur-Code«, der eigens für sie entwickelt worden war. Sechsmal täglich verschlüsselte und sendete sie umfangreiche Geheimberichte an den CIA in Washington. Diese SITREPS wurden in der für Doppelagenten zuständigen Abteilung 100 zusammengestellt und bildeten ein raffiniertes Gemisch von Tatsachen, harmlosen Enthüllungen und geschickt getarnten Falschmeldungen.
Maria Freudenstein war schon bei ihrem Eintritt in den Geheimdienst als russische Agentin bekannt. Man hatte zugelassen, daß sie den Code-Schlüssel entwendete, um den Russen vollen Zugang zu diesen SITREPS zu gewähren. So konnte man ihnen bei Bedarf immer wieder unauffällig falsche Informationen unterschieben. Das mußte natürlich äußerst vorsichtig geschehen, funktionierte aber schon seit drei Jahren reibungslos. Möglich, daß Maria Freudenstein hin und wieder auch Kantinenklatsch aufschnappte, aber das mußte man eben riskieren. Für ein echtes Sicherheitsrisiko, wie es

ein Verhältnis mit einem Geheimnisträger dargestellt hätte, war sie nicht attraktiv genug.

M wandte sich an Dr. Fanshawe: »Es wäre freundlich von Ihnen, Doktor, wenn Sie jetzt Commander Bond kurz unterrichten wollten.«

»Aber natürlich.« Dr. Fanshawe streifte Bond mit einem blitzschnellen Blick und schaute dann wieder seine Schuhspitzen an. »Das ist nämlich so – eh –, Commander: Sie haben sicher schon einmal den Namen Fabergé gehört. Ein berühmter russischer Juwelier.«

»Hat er nicht vor der Revolution die berühmten Ostereier für die Zarenfamilie gemacht?«

»Ja, das war eine seiner Spezialitäten. Aber er stellte noch viele andere Dinge her, die man ganz allgemein als Kunstwerke bezeichnen darf. Heute erbringen seine besten Stücke bei den Auktionen wahrhaft erstaunliche Preise – fünfzigtausend Pfund und mehr. Sein großartigstes Werk ist erst neulich nach England gekommen. Es handelt sich um den sogenannten Smaragd-Globus, ein einmaliges Kunstwerk, das bisher nur aus einer Handskizze des Meisters bekannt war. Es kam als Wertsendung aus Paris und war an die bewußte Miß Maria Freudenstein adressiert.«

»Hübsches kleines Geschenk! Darf ich fragen, wie Sie davon erfahren haben, Doktor?«

»Wie Ihr Chef Ihnen bereits sagte, arbeite ich als Sachverständiger für antike Schmuckstücke und ähnliche Kunstgegenstände bei der Zoll- und Finanzbehörde Ihrer Majestät. Die Wertangabe der Sendung lag mit hunderttausend Pfund ungewöhnlich hoch. Aufgrund einer Anweisung des Innenministeriums wurde das Paket so geöffnet, daß der Empfänger es später nicht feststellen konnte. Ich wurde gerufen, um den Wert zu taxieren. Natürlich erkannte ich den Smaragd-Globus auf den ersten Blick, da ich seine Skizze und Beschreibung in Kenneth Snowmans Standardwerk über Fabergé studiert hatte. Ich erklärte, daß der angegebene Wert eher noch bescheiden angesetzt sei. Besonders interessant fand ich eine der Sendung beigefügte Urkunde, die in russischer und französischer Sprache über die Herkunft des unschätzbaren Kunstwerkes Aufschluß gab.«

Dr. Fanshawe deutete auf eine Fotokopie, die vor M auf dem Schreibtisch lag. Sie enthielt eine Art von Stammbaum.

»Ich habe das Dokument kopiert und will Ihnen kurz den Inhalt wiedergeben: Der Smaragd-Globus wurde 1917 von Miß Freudensteins Großvater direkt bei Fabergé in Auftrag gegeben. Zweifellos wollte er einen Teil seiner Rubel in einem leicht transportablen Wertgegenstand anlegen. Bei seinem Tod im Jahre 1918 ging das Kunstwerk auf seinen Bruder über. 1950 erbte es Miß Freudensteins Mutter. Wie es scheint, hat sie Rußland schon als Kind verlassen und bei weißrussischen Emigranten in Paris gelebt. Sie blieb unverheiratet, bekam jedoch ein uneheliches Kind namens Maria. Offensichtlich ist die Mutter im vergangenen Jahr gestorben. Ein Freund oder Testamentsvollstrecker – das Dokument trägt keine Unterschrift – hat den Globus nun an die rechtmäßige Besitzerin, Miß Maria Freudenstein, gesandt. Für mich gab es keinen Grund, die junge Dame zu befragen, obgleich mein Interesse geweckt war, wie Sie sich vorstellen können. Aber da kündigte Sotheby vorigen Monat an, daß dieses Stück heute in einer Woche versteigert werden soll. Es wird als ›Juwel aus dem Privatbesitz einer Lady‹ bezeichnet. Im Auftrag des Britischen Museums und – eh – anderer interessierter Kreise zog ich diskret Erkundigungen ein und verabredete mich auch mit Miß Freudenstein. Sie hat mir ganz gelassen die Ursprungsgeschichte des Dokuments, so unwahrscheinlich sie auch klingen mag, bestätigt. Erst bei dieser Gelegenheit erfuhr ich, daß sie beim Verteidigungsministerium beschäftigt ist. Als mißtrauisch veranlagter Mann wurde ich stutzig – denn es war ja zumindest recht ungewöhnlich, daß eine Büroangestellte in untergeordneter Position, die doch vermutlich Zugang zu vertraulichen Informationen hat, plötzlich aus dem Ausland ein Geschenk im Wert von hunderttausend Pfund erhält. Ich sprach einen leitenden Beamten der Spionageabwehr, mit dem ich durch meine Gutachten für den Zoll bekannt bin, darauf an und wurde an Ihre – eh – Abteilung verwiesen. Das ist alles, was ich Ihnen darüber sagen kann, Commander.«

Dr. Fanshawe breitete beide Hände aus und streifte Bond mit einem flüchtigen Blick.

»Vielen Dank, Doktor«, sagte M. »Nur noch ein paar abschließende Fragen, dann werde ich Sie nicht länger aufhalten. Sie haben die Smaragdkugel geprüft und halten sie für echt?«

Dr. Fanshawe heftete den Blick auf einen Punkt oberhalb von M's linker Schulter. »Selbstverständlich. Auch Mr. Snowman von der Firma Wartski, einer der bedeutendsten Fabergé-Experten der Welt, hat das Stück untersucht und für echt befunden. Es handelt sich zweifellos um das verschollene Meisterwerk, das der Fachwelt bisher nur aus Fabergés Skizze bekannt war.«

»Und die Geschichte der Herkunft? Was meinen die Experten dazu?«

»Könnte durchaus authentisch sein. Fast alle Fabergé-Stücke waren Privataufträge. Miß Freudenstein gibt an, daß ihr Großvater vor der Revolution ein reicher Mann gewesen sei – ein Porzellanfabrikant. Neunundneunzig Prozent von Fabergés Werken haben den Weg ins Ausland gefunden. Nur wenige Stücke liegen noch im Kreml; sie werden als ›Vorrevolutionäre Beispiele russischer Juwelierkunst‹ bezeichnet. Die offizielle sowjetische Sprachregelung hat sie immer nur als ›kapitalistisches Spielzeug‹ betrachtet, genauso verachtenswert wie ihre ausgezeichnete Sammlung französischer Impressionisten.«

»Die Sowjets besitzen also immer noch einige Stücke von diesem Fabergé. Dann wäre es doch möglich, daß dieser Smaragdbrocken die ganzen Jahre über irgendwo im Kreml versteckt gelegen hat?«

»Durchaus. Der Kreml besitzt eine riesige Schatzkammer. Niemand weiß, was da alles verborgen ist. Sie zeigen der Öffentlichkeit nur das, was sie zeigen wollen.«

M sog an seiner Pfeife und betrachtete ihn durch den Rauch hindurch ohne sonderliches Interesse. »Theoretisch könnte es

also sein, daß man diesen Smaragd irgendwo im Kreml ausgegraben, hinsichtlich der Besitzverhältnisse eine nette Geschichte erfunden und den Stein dann ins Ausland geschickt hat — als Belohnung für treue Dienste sozusagen?«
»Gewiß. Das wäre eine geniale Methode, wie man den Empfänger großzügig entlohnen kann, ohne ihn durch auffällige Einzahlungen auf ein Bankkonto irgendwelchem Verdacht auszusetzen.«
»Die eigentliche finanzielle Entschädigung hängt aber doch wohl von dem Preis ab, den ein solches Objekt erzielt — beispielsweise auf einer Auktion?«
»Genau.«
»Und was wird das Objekt nach Ihrer Meinung bei Sotheby erbringen?«
»Schwer zu sagen. Wartski wird wahrscheinlich sehr weit mitgehen. Sein Limit wird er aber niemandem mitteilen, ob er nun im eigenen Namen oder für einen Kunden steigert. Es wird davon abhängen, wie weit er von einem anderen ernsthaften Interessenten getrieben wird. Ich möchte trotzdem sagen, daß der Zuschlag nicht unter hunderttausend Pfund erfolgen dürfte.«
»Hm.« M verzog die Mundwinkel. »Ein teurer Steinbrocken.« Dieser Beweis offenkundigen Banausentums fuhr Dr. Fanshawe in die Knochen. Jetzt blickte er M direkt an.
»Aber, Sir!« rief er entgeistert. »Dann würden Sie etwa den gestohlenen Goya, den Sotheby für hundertvierzigtausend Pfund an die Nationalgalerie verkauft hat, als teuren Fetzen Leinwand bezeichnen — wie Sie das auszudrücken belieben?«
M lenkte ein: »Verzeihen Sie, Dr. Fanshawe, ich habe mich ungeschickt ausgedrückt. Ich hatte nie genug Zeit, um mich mit Kunst zu befassen. Mein Beamtengehalt gestattet es mir auch nicht, selbst Kunstwerke zu erwerben. Es ärgert mich nur, wenn ich sehe, wie heutzutage auf den Auktionen die Preise ins Phantastische klettern.«
»Jeder hat das Recht auf eine eigene Meinung, Sir«, sagte Dr. Fanshawe reserviert.

Bond fand, daß er seinem Chef jetzt beispringen sollte. Außerdem wollte er diesen Dr. Fanshawe loswerden, um in dieser seltsamen Angelegenheit endlich Nägel mit Köpfen zu machen. Er stand auf und sagte zu M: »Ich denke, Sir, daß damit alles klar wäre. Vermutlich ist alles vollkommen in Ordnung, und es wird sich lediglich herausstellen, daß eine unserer Kolleginnen unverschämtes Glück gehabt hat. Es war sehr freundlich von Dr. Fanshawe, daß er sich so viel Mühe gemacht hat.«
Er wandte sich an den Besucher: »Dürfen wir Ihnen einen Dienstwagen zur Verfügung stellen, Sir?«
»Nein, nein, vielen Dank! Ich freue mich auf einen kleinen Spaziergang durch den Park.«
Nach kurzem Händeschütteln begleitete ihn Bond hinaus und kam dann wieder ins Büro zurück. M hatte eine dicke Mappe mit dem aufgestempelten roten Stern der höchsten Geheimhaltungsstufe aus einer Schublade genommen und sich in die Lektüre vertieft. Bond setzte sich und wartete. Abgesehen von dem Rascheln des Papiers war kein Geräusch zu hören. Auch das hörte auf, als M eine der blauen Karteikarten von der doppelten Größe eines Briefbogens hervorholte, wie sie für die vertraulichen Personalakten verwendet werden. Er studierte sorgfältig die beiden eng beschriebenen Seiten und schob die Karte wieder in die Mappe.
»Ja — es paßt alles zusammen«, sagte er. Seine blauen Augen blitzten angeregt. »Das Mädchen wurde 1935 in Paris geboren. Die Mutter war während des Krieges aktive Widerstandskämpferin, half den Flüchtlingen auf der sogenannten ›Tulpen-Route‹ und wurde nicht erwischt. Nach dem Krieg studierte das Mädchen an der Sorbonne und bekam eine Stellung als Dolmetscherin beim Marine-Attaché unserer Botschaft. Alles übrige wissen Sie. Einige alte Freunde ihrer Mutter, die inzwischen zum NKWD übergewechselt waren, haben sie unter Druck gesetzt — es ging um irgendeine unerquickliche Liebesaffäre. Sie hat sich um die britische Staatsbürgerschaft beworben, zweifellos auf Anweisung dieser Leute. Aufgrund einer Empfehlung der Botschaft und der

Widerstandsarbeit ihrer Mutter hat sie die Staatsbürgerschaft 1959 auch bekommen. Das Außenministerium empfahl sie an uns weiter, aber da beging sie ihren entscheidenden Fehler: Sie bat um ein Jahr Urlaub; das nächste, was wir über sie hörten, war ein Hutchinson-Bericht, nachdem sie sich in der Leningrader Spionageschule aufhielt. Es war uns klar, daß sie dort die übliche Ausbildung erhielt. Wir mußten uns überlegen, was wir mit ihr anfangen sollten. Der Abteilung 100 ist die Sache mit dem ›Purpur-Code‹ eingefallen. Alles übrige wissen Sie. Drei Jahre lang hat sie hier im Geheimdienst für den NKWD gearbeitet, und nun soll sie ihr Honorar dafür erhalten – diesen Smaragdklumpen im Wert von hunderttausend Pfund. Dieser Schritt ist für uns in doppelter Hinsicht interessant. Erstens scheint das KGB von der Echtheit der von ihr übermittelten Geheiminformationen überzeugt zu sein; denn sonst würden sie doch nicht ein so phantastisches Honorar bezahlen. Das ist eine erfreuliche Bestätigung, denn nun können wir zu heißerem Spielmaterial der Stufe 3 und allmählich sogar zu Stufe 2 übergehen. Zweitens beseitigt diese Zahlung alle Unklarheiten, weil wir bisher nie ganz verstehen konnten, warum das Mädchen für die geleisteten Dienste nie entlohnt wurde. Sie hatte ein Konto bei der Bank Glyn & Mills, auf dem aber nur die monatlichen Gehaltszahlungen von etwa fünfzig Pfund auftauchten. Mit dieser Summe ist sie immer ausgekommen. Jetzt erhält sie ihr Honorar in einer einzigen großen Pauschalsumme, nämlich mit diesem Smaragdspielzeug. Sehr beruhigend!«

M klopfte seine Pfeife mit zufriedener Miene in dem Aschenbecher aus, der aus dem unteren Teil einer Zwölf-Zoll-Granatenhülse geschnitten war.

Bond rutschte auf seinem Stuhl unruhig hin und her. Er lechzte nach einer Zigarette, hätte aber nie gewagt, sich in Gegenwart des Chefs eine anzustecken. Eine Zigarette hätte jetzt klärend auf seine Gedanken gewirkt. Er spürte nämlich, daß die Geschichte ein paar Haken hatte, darunter einen ganz dicken.

»Haben wir eigentlich nie ihre hiesigen Verbindungsleute entdeckt, Sir?« fragte er leise. »Woher bekommt sie ihre Instruktionen?«
»Sie braucht doch keine Instruktionen«, antwortete M ein wenig ungeduldig. Er beschäftigte sich mit seiner Pfeife. »Nachdem sie den ›Purpur-Code‹ in der Hand hatte, brauchte sie nur noch dafür zu sorgen, daß sie ihren Job behielt. Zum Teufel – das Zeug fällt ihnen doch sechsmal am Tag in den Schoß! Welche Instruktionen wären da noch nötig? Ich bezweifle sogar, daß die Londoner KGB-Leute etwas über ihre Existenz wissen; vielleicht ist der Chef der hiesigen Spionagegruppe unterrichtet, aber den kennen wir leider nicht. Ich gäbe viel darum, ihn kennenzulernen.«
Plötzlich kam Bond die Erleuchtung. Es war, als hätte in seinem Kopf ein Projektor zu surren begonnen, der ein klares, deutliches Bild warf.
»Vielleicht erfahren wir durch die Versteigerung bei Sotheby, wer dieser Mann ist, Sir.«
»Wovon reden Sie eigentlich, 007? Das müssen Sie mir schon genauer erklären!«
Bond war seiner Sache jetzt ganz sicher.
»Sir, Sie erinnern sich doch an das, was Dr. Fanshawe gesagt hat: Daß jemand versuchen könnte, die Preise auf der Auktion künstlich hochzutreiben. Wenn es stimmt, daß die Russen Fabergé nicht sonderlich schätzen, dann dürften sie auch keine sehr klare Vorstellung davon haben, was das Ding wert ist. Der KGB wird ohnehin nichts davon verstehen. Vielleicht haben sie den Smaragd nur auf einen Bruchteil seines wirklichen Wertes veranschlagt – sagen wir, zehn- oder zwanzigtausend Pfund. Eine Summe in dieser Größenordnung klingt als Honorar schon vernünftiger als das kleine Vermögen, von dem Dr. Fanshawe sprach. Wenn nun der hiesige Agentenchef der einzige ist, der etwas über Maria Freudensteins Tätigkeit weiß, dann ist er auch über die Art der Honorierung unterrichtet. Er wird also mitbieten und versuchen, bei Sotheby den Preis hochzutreiben, da bin ich ganz sicher. Das

gibt uns eine Möglichkeit, ihn zu identifizieren und abschieben zu lassen. Er wird nicht einmal wissen, wie ihm geschieht, und der KGB wird auch nicht draufkommen. Wenn ich zu der Versteigerung gehe, ihn ausfindig mache und fotografieren lasse, dazu das Versteigerungsprotokoll vorlege, dann dürfte das Außenministerium ihn innerhalb einer Woche zur *persona non grata* erklären. Agentenchefs wachsen nicht gerade auf den Bäumen. Der KGB wird Monate brauchen, um einen geeigneten Nachfolger zu finden.«

»Da ist vielleicht etwas dran«, murmelte M nachdenklich. Er drehte seinen Sessel herum und blickte hinaus auf die ausgezackte Silhouette von London. Schließlich sagte er, ohne Bond dabei anzusehen: »In Ordnung, 007. Sprechen Sie mit dem Personalchef und bereiten Sie alles vor. Ich stimme mich mit M. I. 5 ab. Das ist zwar deren Gebiet, aber unser Vögelchen, und sie werden keine Schwierigkeiten machen. Aber lassen Sie sich nicht dazu hinreißen, für den Kram mitzubieten, so viel Geld hab ich nicht übrig.«

»Nein, Sir«, versprach Bond, stand auf und ging, bevor der Chef seine Meinung vielleicht noch änderte. Er kam sich sehr scharfsinnig vor und wollte sich selber beweisen, ob er recht hatte.

Die Ladenfront von Wartski in der Regent Street 138 wirkte bescheiden und ultramodern. Das Schaufenster war sehr dezent mit nur wenigen modernen und antiken Schmuckstücken dekoriert. Nichts deutete darauf hin, daß sich hinter dieser Fassade der größte Fabergé-Händler der Welt verbarg.

Dem Verkaufsraum selbst fehlte der erregende Glanz von Cartier, Boucheron oder Van Cleef – schlichter, grauer Teppich, Wandtäfelung aus Sykomore, einige unauffällige Vitrinen –, aber die eingerahmten Ladungen zu Hofe, unterschrieben von Queen Mary, der Königinmutter, der Königin, König Paul von Griechenland und König Frederick IX. von Dänemark machten deutlich, daß es sich nicht um einen gewöhnlichen Feld-, Wald- und Wiesenjuwelier handelte.

Im Hintergrund saß eine Gruppe von Herren beisammen. Als James Bond nach Mr. Kenneth Snowman fragte, erhob sich ein gut aussehender, äußerst korrekt gekleideter Vierziger und kam auf ihn zu.

»Ich komme vom CID«, erklärte Bond leise. »Kann ich Sie für ein paar Minuten sprechen? Ich bin James Bond. Falls Sie sich über meine Person vergewissern wollen, müßten Sie sich schon an Sir Ronald Vallance oder seinen Privatsekretär wenden. Mit Scotland Yard habe ich nicht direkt zu tun, es handelt sich mehr um eine Art von Sonderauftrag.«

Die klugen, wachsamen Augen musterten ihn nicht einmal besonders eingehend. Der Mann lächelte. »Bitte, bemühen Sie sich doch mit nach unten. Wir haben gerade eine Besprechung mit einigen amerikanischen Freunden, die unsere Belange drüben wahrnehmen. Sie kommen vom ›Old Russia‹ auf der Fifth Avenue.«

»Das Geschäft kenne ich. Es hängt voller kostbarer Ikonen und so weiter, nicht weit vom Pierre.«

»Stimmt«, sagte Snowman in einem Ton, als hege er keinen Zweifel an Bonds Identität. Er führte ihn über eine schmale, mit dickem Teppich belegte Treppe in einen glitzernden Ausstellungsraum, der wohl die eigentliche Schatzkammer darstellte. Aus den beleuchteten Glasvitrinen an den Wänden funkelte es von Gold, Diamanten und anderen Steinen.

»Nehmen Sie Platz. Zigarette?«

Bond zündete sich eine seiner eigenen Zigaretten an. »Es handelt sich um das Stück von Fabergé, das morgen bei Sotheby zur Auktion gelangt — den Smaragd-Globus.«

»Oh — ja!« Snowman runzelte besorgt die Stirn. »Hoffentlich gibt's dabei keine Schwierigkeiten?«

»Von uns aus nicht. Wir interessieren uns nur für die Auktion selbst. Wir kennen die Besitzerin, Miß Maria Freudenstein, und fürchten, daß der Preis künstlich hochgetrieben werden könnte. Genauer gesagt: Wir interessieren uns für den Mann, der das eventuell versuchen wird — das heißt, falls Ihre Firma sozusagen als Hauptinteressent auftreten wird.«

»Nun – wir werden uns gewiß um das Stück bemühen«, sagte Snowman vorsichtig. »Es dürfte einen ungewöhnlichen Preis erzielen. Unter uns: Wahrscheinlich werden auch V & A und das Metropolitan-Museum in New York mitbieten. Sind Sie hinter einem Schwindler her? Dann kann ich Sie beruhigen – in dieser Größenordnung gibt es keine krumme Tour mehr.«
»Nein, wir suchen keinen Schwindler«, antwortete Bond und überlegte, wieweit er diesen Mann einweihen durfte. Menschen, die ihre eigenen Geschäfte streng vertraulich behandeln, tun das nicht immer mit denen anderer Leute.
Bond nahm eine Plakette aus Holz und Elfenbein, die auf dem Tisch lag, in die Hand und las die Inschrift:

Es taugt nichts, es taugt nichts, sagt der Käufer,
doch wenn er seines Weges geht, dann rühmt er sich.
(Sprüche 20; 14)

Bond lächelte amüsiert. »Aus diesem Vers kann man die ganze Geschichte der Basars, der Händler und Kunden herauslesen!« Er blickte Snowman gerade ins Gesicht. »In meinem Fall brauche ich eine gute Spürnase und wirkliche Intuition. Wollen Sie mir helfen?«
»Natürlich – wenn Sie mir sagen, wie ich Ihnen helfen kann.« Er machte eine Handbewegung. »Wenn Sie sich wegen der Geheimhaltung Gedanken machen sollten – keine Sorge, Juweliere sind an so etwas gewöhnt. Scotland Yard wird mir in dieser Hinsicht wahrscheinlich ein einwandfreies Leumundszeugnis ausstellen. Im Laufe der Jahre haben wir weiß Gott genug mit dem Yard zu tun gehabt.«
»Und wenn ich Ihnen nun sage, daß ich vom Verteidigungsministerium komme?«
»Das ist dasselbe, Sie können sich absolut auf meine Verschwiegenheit verlassen.«
Bond entschloß sich, die Karten auf den Tisch zu legen.
»Na schön – aber das alles fällt natürlich unter die Geheim-

haltungsvorschriften. Wir vermuten, daß Ihr härtester Konkurrent bei der Versteigerung ein sowjetischer Agent sein könnte. Meine Aufgabe ist es, ihn ausfindig zu machen. Ich fürchte, mehr kann ich Ihnen nicht sagen; eigentlich brauchen Sie auch nicht mehr zu wissen. Ich möchte Sie nur bitten, daß Sie mich morgen zu Sotheby mitnehmen und mir helfen, den Mann herauszufinden. Ein Orden ist dabei nicht zu verdienen, fürchte ich, aber wir wären Ihnen außerordentlich dankbar.«
Kenneth Snowmans Augen glitzerten vor Begeisterung.
»Selbstverständlich helfe ich Ihnen gern, soweit ich es kann. Allerdings muß ich Ihnen gleich sagen, daß es wahrscheinlich nicht so einfach sein wird; denn wenn der Betreffende unerkannt bleiben will, wäre Peter Wilson, der Geschäftsführer von Sotheby, der einzige, der uns eine verbindliche Auskunft geben könnte. Es gibt Dutzende von Möglichkeiten, ein Gebot abzugeben, ohne eine Bewegung zu machen, aber wenn der Bieter vor der Auktion mit Peter Wilson sozusagen seinen Geheimcode vereinbart, dann wird Peter natürlich keinen Menschen einweihen. Er würde ja sonst seinen Kunden bloßstellen, der sein Limit nicht mehr geheimhalten könnte. Das aber ist, wie Sie sich vorstellen können, in der Auktionshalle ein sorgsam gehütetes Geheimnis. Wenn Sie mit mir kommen, wird er es Ihnen schon gar nicht sagen.«
Er überlegte eine Weile und erklärte Bond dann den Vorgang:
»Ich werde wahrscheinlich das Tempo bestimmen. Ich weiß genau, wie weit ich gehen kann – für einen Kunden übrigens –, aber für mich wäre es wesentlich einfacher, wenn ich etwas über das Limit meines Mitbewerbers wüßte. Was Sie mir gesagt haben, war schon viel wert. Ich werde meinen Kunden darauf vorbereiten, daß er unter Umständen auf einen noch höheren Preis gefaßt sein muß. Sollte Ihr Freund starke Nerven besitzen, dann kann er mir wirklich hart zusetzen. Natürlich werden noch andere mitbieten – es verspricht ein spannender Abend zu werden. Die Auktion wird vom Fernsehen übertragen, und es sind eine Menge Millio-

näre, Herzöge und Herzoginnen eingeladen. Sotheby versteht sich recht gut auf solche Galaveranstaltungen, die natürlich eine großartige Werbung darstellen. Du liebe Zeit, wenn die wüßten, daß bei der Auktion auch noch ein kriminalistisches Element hereinspielt – das gäbe eine Aufregung! Ist sonst noch etwas zu besprechen? Oder geht es nur darum, den Mann zu erkennen?«

»Nur darum. Was schätzen Sie, für welchen Preis die Smaragdkugel zugeschlagen wird?«

Snowman tippte sich mit dem goldenen Drehstift gegen die Zähne. »Darüber darf ich natürlich nichts sagen. Ich kenne mein Limit, aber dieses Geschäftsgeheimnis meines Kunden muß ich wahren.« Er zögerte und meinte dann: »Drücken wir es so aus: Wir wären erstaunt, wenn der Zuschlag unter hunderttausend Pfund erfolgte.«

»Aha – und wie komme ich in die Auktionshallen hinein?«

Snowman zückte eine elegante Brieftasche aus Krokodilleder und entnahm ihr zwei gravierte Kärtchen. Eins davon überreichte er Bond.

»Das ist die Eintrittskarte meiner Frau. Ich werde für sie schon einen anderen Platz bekommen. Wir haben B 5 und B 6, das sind gute Plätze im vorderen Mittelteil.«

Bond las auf der Karte:

Sotheby & Co.
Auktion
Eine Sammlung herrlicher Juwelen und
ein einmaliges Meisterwerk von Carl Fabergé
aus dem Privatbesitz einer Lady.

Zutritt für eine Person zum Haupt-Auktions-Saal
Dienstag, 20. Juni, pünktlich um 21.30 Uhr
EINGANG ST. GEORGE STREET

Snowman erklärte: »Es ist nicht mehr der alte georgianische Eingang von der Bond Street. Seit dort eine Einbahnstraße ist, hat man am rückwärtigen Eingang ein Vordach gebaut und einen roten Teppich ausgerollt.« Er erhob sich. »Möchten Sie vielleicht ein paar Stücke von Fabergé sehen? Wir besitzen einige seiner Werke, die mein Vater 1927 vom Kreml erworben hat. Sie werden dann eher begreifen, warum so ein Wirbel gemacht wird. Natürlich ist der Smaragd-Globus ungleich kostbarer als alles andere, was ich Ihnen zeigen kann, abgesehen von den Ostereiern der Zarenfamilie.«

Als James Bond später aus der märchenhaften Schatzkammer unter der Regent Street ans helle Tageslicht zurückkehrte, war er benommen vom Gefunkel der Diamanten, den verschiedenen warmen Goldtönen und dem seidigen Schimmer durchscheinender Emailglasuren.

Er verbrachte den Rest des Tages in den tristen Büros in der Nähe von Whitehall und bereitete bis ins letzte Detail eine fast unlösbare Aufgabe vor: Er mußte in einer überfüllten Auktionshalle einen Mann identifizieren und fotografieren, der bis jetzt noch kein Gesicht hatte, der aber mit Sicherheit der sowjetische Chefagent in London war.

Im Laufe des folgenden Tages nahm Bonds Erregung ständig zu. Unter einem Vorwand ging er hinüber in die Nachrichtenabteilung und betrat das kleine Büro, in dem Maria Freudenstein und zwei Assistentinnen die ausgehenden Nachrichten mit dem »Purpur-Code« verschlüsselten. Da er Zugang zum größten Teil des Materials hatte, hob er die Klartext-Mappe auf und überflog die sorgfältig bearbeiteten Meldungen, die schon in einer halben Stunde von irgendeinem kleinen CIA-Beamten in Washington ungelesen abgelegt und zur gleichen Zeit in Moskau ehrerbietig einem Spitzenfunktionär des KGB vorgelegt werden würden. Er wechselte mit den beiden Mädchen ein paar scherzhafte Worte, aber Maria Freudenstein blickte nur mit flüchtigem Lächeln von ihrer Chiffriermaschine auf.

Beim Gedanken an die Nähe des Verrats und das schwarze, tödliche Geheimnis in der Brust dieses Mädchens schauderte es

Bond. Sie war wenig anziehend: bleich, pickelige Haut, schwarzes Haar und ziemlich ungepflegt. Eine solche Frau wird nicht geliebt, sie hat wenig Freunde – schon in Anbetracht ihrer unehelichen Herkunft –, und so entwickelt sich der Groll gegen die Gesellschaft. Ihre einzige Freude im Leben war vielleicht das geheime, triumphierende Bewußtsein, daß sie klüger war als alle anderen und daß sie der Welt, die sie verachtete oder einfach ignorierte, täglich einen gewaltigen Schlag mitten ins Gesicht versetzte. Ihr werdet euch schon noch wundern! Eine weitverbreitete Neurose – die Rache des häßlichen Entleins an der Gesellschaft.

Bond kehrte in sein Büro zurück. Heute abend wartete ein Vermögen auf dieses Mädchen – die dreißig Silberlinge mit tausendfachen Zinsen. Vielleicht veränderte das Geld ihren Charakter und machte sie froher. Sie konnte sich dann die besten Schönheitssalons, die teuersten Kleider und eine hübsche Wohnung leisten. Aber M hatte schon angekündigt, daß er die Aktion »Purpur-Code« anheizen und ein wirklich heißes Eisen daraus machen wollte. Ein kleiner Fehler, eine unvorsichtige Lüge, eine einzige nachprüfbare Falschmeldung, und der KGB würde Unrat wittern. Beim zweiten Fehler mußte ihnen klarwerden, daß sie getäuscht wurden und höchstwahrscheinlich seit drei Jahren gewaltig an der Nase herumgeführt worden waren. Eine derartige Blamage würde zu einem sofortigen Gegenschlag führen. Man würde annehmen, daß Maria Freudenstein eine Doppelagentin war, die sowohl für die Briten wie für die Russen arbeitete. Man würde sie unweigerlich und auf schnellstem Wege liquidieren – vielleicht mit einer jener zyanidgefüllten Spielzeugpistolen, über die Bond erst kürzlich gelesen hatte.

James Bond blickte aus seinem Fenster über die Bäume des Regent Park hinweg. Er zuckte die Achseln. Das ging ihn Gott sei Dank nichts an. Mit dem Schicksal des Mädchens hatte er nichts zu tun. Sie hatte sich in die gnadenlose Maschinerie der Spionage verwickeln lassen und mußte froh sein, wenn sie lange genug am Leben blieb, um noch ein Zehntel des Vermögens ausgeben zu können, das heute abend in den Auktionshallen auf sie wartete.

Eine Wagenschlange blockierte Sothebys Hintereingang in der George Street. Bond entlohnte sein Taxi und schob sich zusammen mit den anderen durch den überdachten Eingang und die Treppen hinauf. Ein livrierter Angestellter prüfte seine Eintrittskarte und reichte ihm einen Katalog. Dann ließ sich Bond von den erregten Vertretern der oberen Zehntausend in den schon überfüllten Auktionsraum schieben. Er setzte sich neben Snowman, der seine Umgebung genau musterte und dabei Ziffern auf einen Block kritzelte.

Die Halle hatte eine hohe Decke und die Größe eines Tennisplatzes. Sie wirkte altmodisch und roch auch so. Das Licht zweier alter Kandelaber mischte sich mit dem kalten Schein der Leuchtstoffröhren an der Glasdecke, die von der Nachmittags-Auktion her noch zur Hälfte mit einem Sonnenschutz bedeckt war. An den olivgrünen Wänden hingen Bilder und Wandteppiche. Mitten aus einer gigantischen Jagdszene ragte die Plattform für die Fernseh- und Kameraleute, unter denen sich auch ein Mann von der Abteilung M. I. 5 mit einem Presseausweis der *Sunday Times* befand. Etwa einhundert Händler und Zuschauer saßen gespannt auf kleinen vergoldeten Stühlen. Aller Augen waren auf den schlanken, gutaussehenden Auktionator gerichtet, der mit gedämpfter Stimme von seinem erhöht stehenden Pult sprach. Er trug ein tadelloses Dinnerjackett mit einer roten Nelke im Knopfloch und verzichtete auf Gesten und Pathos.

»Fünfzehntausend Pfund. Und sechzehn.« Pause. Ein rascher Blick auf jemanden in der ersten Reihe. »Gegen Sie, Sir.« Ein Katalog wurde kurz hochgehoben. »Siebzehntausend Pfund werden geboten. Achtzehn. Neunzehn. Zwanzig hier.« So ging es weiter, ruhig, ohne Erregung, während die Bieter ebenso gelassen die Litanei durch kleine Gesten dirigierten.

»Wie weit sind wir eigentlich?« fragte Bond und schlug den Katalog auf.

»Nummer 40 – die Diamantenschnur, die der Saaldiener auf dem schwarzen Samttablett zeigt. Sie geht vermutlich für runde fünfundzwanzigtausend weg. Ein Italiener bietet gegen zwei Franzosen, sonst wäre schon bei zwanzig Schluß gewesen. Bis fünfzehn bin ich mitgegangen, weil ich sie gern gehabt hätte. Wunderbare Steine ... Da haben wir's.«
Tatsächlich blieb es bei fünfundzwanzigtausend. Der Hammer – er wurde beim Kopf und nicht am Stiel gehalten – berührte dezent den Tisch und gab den Zuschlag. »Für Sie, Sir«, verkündete Peter Wilson. Ein Angestellter setzte sich in Bewegung, um Name und Anschrift des neuen Besitzers zu notieren.
»Eigentlich bin ich enttäuscht«, sagte Bond.
»Warum?« Snowman blickte vom Katalog auf.
»Ich war noch nie bei einer Auktion, aber ich habe mir immer vorgestellt, daß der Auktionator dreimal mit dem Hammer auf den Tisch schlägt und ruft: ›Zum ersten, zum zweiten – und zum dritten!‹ Schön langsam und gedehnt, damit das Publikum noch eine Chance bekommt.«
Snowman lachte. »Auf dem Land oder in Irland gibt es das noch, aber in London ist das schon vor meiner Zeit aus der Mode gekommen.«
»Schade. Es wirkt dramatischer.«
»Gleich wird es noch dramatisch genug werden. Wir sind schon beim vorletzten Angebot, dann geht's los!«
Ein Diener hatte mit spitzen Fingern eine Menge glitzernder Rubine und Diamanten auf dem schwarzen Samt arrangiert. Bond las in seinem Katalog unter »Nummer 41« die blumige Beschreibung:

EIN PAAR HERRLICHE, KOSTBARE ARMBÄNDER AUS RUBINEN UND DIAMANTEN. Vorderseite jeweils mit ovalem Arrangement aus einem größeren und zwei kleineren Rubinen in einem Kranz von Diamanten mit kissenförmigem Facettenschliff. An den Seiten wechseln einfachere Arrangements mit offenen Spiralenmustern aus Diamanten ab, aus-

gehend von einem zentralen Rubin. Zum Verschluß hin verlaufen mit Gold unterlegte Ketten aus Rubinen und Diamanten abwechselnd. Der Verschluß selbst besteht wiederum aus einem ovalen Arrangement.
Laut Familienüberlieferung stammt dieses Schmuckstück aus dem Besitz von Mrs. Fitzherbert (1756-1837). Das Gerücht um ihre Eheschließung mit dem Prinzen von Wales und späteren König George IV. fand seine Bestätigung, als 1905 ein im Jahre 1833 bei der Coutts-Bank in London hinterlegtes Paket mit königlicher Erlaubnis geöffnet wurde. Es enthielt neben der Heiratsurkunde noch weitere unzweifelhafte Beweise. Vermutlich sind die Armbänder ein Geschenk von Mrs. Fitzherbert an ihre Nichte, die der Herzog von Orleans einmal als das »hübscheste Mädchen von ganz England« bezeichnet hat.

Die Gebote steigerten sich. Bond schlüpfte aus seiner Sitzreihe und schlich durch den Mittelgang nach rückwärts. Die Zuschauer, die hier keinen Einlaß mehr gefunden hatten, erlebten über Fernsehen in der Neuen Galerie und der Eingangshalle die Versteigerung mit. Heimlich beobachtete er die Menge und suchte nach einem der zweihundert Gesichter von Mitgliedern der sowjetischen Botschaft, deren unbemerkt geschossene Fotos er in den letzten Tagen studiert hatte. Aber in dem bunt zusammengewürfelten Publikum aus Händlern, Sammlern und reichen Playboys erkannte er höchstens hin und wieder Züge, die ihm aus den Klatschspalten vertraut waren. Ein oder zwei Gesichter mit gelblicher Hautfarbe hätten Russen gehören können, doch genauso auch Vertretern anderer europäischer Völker. Und die zahlreichen dunklen Brillen konnte man ja schon seit langem nicht mehr als Maskierung ansehen.
Bond kehrte an seinen Platz zurück und hoffte, daß sein Mann sich bemerkbar machen würde, sobald die Versteigerung des Smaragd-Globus begann.
»Vierzehntausend sind geboten. Und fünfzehn. Fünfzehntausend.« Der Hammer fiel. »Für Sie, Sir.«
Ein erregtes Raunen ging durch die Reihen. Kataloge raschel-

ten. Snowman wischte sich mit einem Seidentuch über die Stirn. Er sagte zu Bond: »Nun muß ich Sie mehr oder weniger sich selbst überlassen. Erstens muß ich mich auf die Auktion konzentrieren, und zweitens gilt es aus irgendwelchen Gründen als ungehörig, sich nach den Mitbietern umzudrehen – jedenfalls nicht unter Branchenkollegen. Ich kann den Mann nur dann entdecken, wenn er vor mir sitzt, aber das ist sehr unwahrscheinlich, weil die vorderen Reihen fast ausschließlich von Händlern besetzt sind. Sie können sich umschauen, soviel Sie wollen. Sie müssen Peter Wilson genau beobachten und dann den Mann finden, den er anblickt oder der ihn anblickt. Wenn Sie ihn entdeckt haben – was sehr schwierig sein dürfte –, achten Sie auf jede seiner Bewegungen. Jede Kleinigkeit kann ein mit Peter Wilson vereinbartes Zeichen sein – ein Kratzen am Kopf, ein Zupfen am Ohrläppchen. Vermutlich wird er sich nicht so auffällig bemerkbar machen und beispielsweise den Katalog hochhalten. Verstehen Sie, worauf ich hinaus will? Vergessen Sie nicht, daß der Mann vielleicht überhaupt kein Zeichen geben wird, solange geboten wird. Erst wenn er mich hoch genug getrieben hat, wird er auf irgendeine Weise signalisieren, daß er aussteigen will.« Snowman lächelte. »Wenn's auf das Ende zugeht, dann werde ich ihm ordentlich einheizen und ihn zu einer Reaktion zwingen – vorausgesetzt natürlich, daß zum Schluß nur noch wir zwei bieten.« Mit einem rätselhaften Ausdruck fügte er hinzu: »Sie können Gift darauf nehmen, daß es so sein wird.«

Daraus schloß Bond, daß Snowman von seinem Kunden angewiesen worden war, den Smaragd-Globus zu erwerben, koste es, was es wolle.

Es wurde plötzlich still, als ein hohes Gestell mit schwarzer Samtverkleidung feierlich hereingetragen und vor dem Pult des Auktionators aufgebaut wurde. Ein hübscher ovaler Behälter, der anscheinend mit weißem Samt bezogen war, wurde auf das Gestell gelegt. Ein älterer Saaldiener in grauer Uniform mit weinroten Ärmeln, Kragen und Gürtel trat fast ehrfürchtig näher, schloß den Behälter auf, nahm den Smaragd-Globus heraus und stellte ihn vorsichtig auf den schwarzen Samt. Dann trug er den Behälter weg.

Der hochpolierte Smaragd von der Größe eines Kriketballs auf einem kunstvoll gearbeiteten Sockel strahlte ein übernatürliches grünes Feuer aus. Die in seine Oberfläche und den opalisierenden Meridiankreis eingelassenen Juwelen blitzten in verschiedenen Farben. Gedämpfte Rufe der Bewunderung klangen aus dem Publikum auf. Selbst die Angestellten und Schmuckexperten an dem langen Tisch neben dem Pult des Auktionators — Männer, die an den Anblick europäischer Kronjuwelen gewöhnt waren — beugten sich fasziniert vor.

Bond blätterte in seinem Katalog, bis er die fettgedruckte Beschreibung von Nr. 42 gefunden hatte. Da stand in überschwenglicher Prosa:

ERDKUGEL

ENTWORFEN 1917 VON CARL FABERGÉ FÜR EINEN RUSSISCHEN AUFTRAGGEBER UND JETZT IM BESITZ VON DESSEN ENKELIN.

NR. 42 — EINE BERÜHMTE FABERGÉ-ERDKUGEL.

Die Kugel wurde aus einem einzigen, ungewöhnlich großen sibirischen Smaragd von herrlicher Farbe und lebhaftem Feuer geschnitten. Sie wiegt ungefähr 1.300 Karat und ruht auf einem Sockel aus meisterhaft ziselierter Filigranarbeit in Quatrecouleur-Gold, besetzt mit einer Vielzahl von rosa Diamanten und kleinen Smaragden höchst intensiver Färbung, die ein Zifferblatt bilden.

Rings um diese Basis schweben sechs goldene Putten in naturalistischen Wolkenformationen aus matt geschliffenem Bergkristall, der mit feinen Linien aus winzigen rosa Diamanten geadert ist. In den Globus selbst ist eine überaus exakte Weltkarte eingraviert. Die wichtigsten Städte sind durch goldgefaßte Brillanten dargestellt. Ein im Sockel verborgenes kleines Uhrwerk läßt den Globus um seine Achse rotieren; es ist von G. Moser signiert. Den Äquator des Globus umgibt ein feststehender Ring aus goldgefaßtem, durchscheinendem Perlmutt,

der über einem Zifferblatt aus feinstem Goldfiligran kreist. Die römischen Stundenzahlen sind aus blaß-sepiafarbenem Email. Ein einzelner, dreieckiger blutroter Burma-Rubin von etwa fünf Karat ist als Stundenzeiger in den rotierenden Gürtel eingelassen.
Höhe: 7,5 Zoll. Werkmeister: Henrik Wigstrom. Mit Originalbehälter in weißem Samt und passendem goldenem Schlüssel.
Das Motiv der Erdkugel hat Fabergé schon etwa fünfzehn Jahre früher zu einem kleineren Werk ähnlicher Art inspiriert, das sich jetzt in der Königlichen Kunstsammlung von Sandringham befindet. Siehe auch Tafel 280 in Carl Fabergés Kunstwerke *von A. Kenneth Snowman.*

Peter Wilson ließ den Blick über die Gesichter im Saal schweifen und tippte dann dezent mit seinem Hammerstiel auf den Tisch.
»Nummer 42 — ein Kunstwerk von Carl Fabergé.« Pause. »Zwanzigtausend Pfund sind mir geboten.«
Snowman flüsterte Bond zu: »Das bedeutet, daß er ein Gebot von mindestens fünfzigtausend vorliegen hat. Er will damit nur Schwung in die Sache bringen.«
Kataloge wurden hochgehalten.
»Und dreißig. Vierzig. Fünfzigtausend Pfund dort. Sechzig — siebzig. Achtzigtausend Pfund. Und neunzig.« Eine kleine Kunstpause. »Hunderttausend Pfund.«
Einige Zuschauer klatschten Beifall. Die Kameras schwenkten zu einem jungen Mann hinüber, der neben zwei anderen links vom Auktionator auf einem kleinen Podium stand und telefonierte.
Snowman erklärte flüsternd: »Das ist einer von Sothebys Angestellten. Er spricht mit Amerika. Vermutlich hat er das Metropolitan-Museum in der Leitung, aber es kann auch irgendein anderer Kunde sein. Jetzt bin ich an der Reihe.«
Snowman hob kurz seinen Katalog.
»Hundertzehn«, sagte der Auktionator. Der junge Mann sprach in die Muschel und nickte. »Und zwanzig.«

Wieder ein Zeichen von Snowman.
»Und dreißig.«
Der Mann am Telefon konferierte eine ganze Weile mit seinem Partner — vielleicht versuchte er abzuschätzen, wie weit der Preis noch in die Höhe gehen könnte. Als er den Kopf schüttelte, wandte Peter Wilson den Blick von ihm ab und konzentrierte sich ganz auf die Zuschauer im Saal.
»Hundertdreißigtausend«, wiederholte er leise.
Snowman flüsterte Bond zu: »Jetzt müssen Sie die Augen offenhalten. Die Amerikaner sind anscheinend ausgestiegen. Jetzt wird es für Ihren Mann Zeit, wenn er mich hochtreiben will.«
Bond glitt aus seiner Sitzreihe und stellte sich zu einer Gruppe von Reportern links neben das Pult. Peter Wilson schaute in die linke hintere Ecke des Saals. Bond konnte dort keine auffällige Bewegung entdecken. Trotzdem verkündete der Auktionator: »Hundertvierzigtausend!«
Er blickte Snowman an. Nach einer ziemlich langen Pause hob Snowman fünf Finger. Bond war überzeugt davon, daß sein Zögern mit zur Taktik gehörte und den Konkurrenten nervös machen sollte. Er wollte damit sicher andeuten, daß er nicht mehr viel weiter gehen würde.
»Einhundertfünfundvierzigtausend!«
Abermals ein forschender Blick in die linke hintere Ecke. Und wieder bewegte sich dort gar nichts — doch irgendein geheimes Zeichen mußte ausgetauscht worden sein, denn Wilson sagte: »Hundertfünfzigtausend.«
Ein leises Raunen ging durch den Saal. Ein paar Zuschauer applaudierten.
Diesmal ließ sich Snowman noch mehr Zeit. Der Auktionator mußte das letzte Gebot zweimal wiederholen. Dann blickte er Snowman direkt an und sagte drängend: »Gegen Sie, Sir!« Schließlich hob Snowman fünf Finger.
»Einhundertfünfundfünfzigtausend Pfund!«
Die Erregung trieb James Bond den Schweiß aus den Poren. Bis jetzt hatte er absolut nichts erreicht, und die Versteigerung

konnte jeden Augenblick beendet sein. Der Auktionator wiederholte das letzte Gebot.

Da – eine winzige Bewegung! Im Hintergrund des Raums hob ein dunkel gekleideter, untersetzter Mann die Hand und nahm ganz unauffällig seine Sonnenbrille ab. Er hatte ein glattes, nichtssagendes Gesicht, das zu einem Bankdirektor, einem Versicherungsangestellten oder einem Arzt gepaßt hätte.

Das mußte das mit dem Auktionator vereinbarte Zeichen sein! Solange er die dunkle Brille trug, überbot er jeweils um den zuletzt genannten Betrag; wenn er sie abnahm, schied er aus dem Rennen aus.

Mit einem raschen Blick streifte Bond das Podium der Kameraleute. Der Geheimdienst-Fotograf war auf dem Posten. Er hob lässig den Apparat, dann blitzte es grell auf.

Bond kehrte auf seinen Platz zurück und raunte Snowman ins Ohr: »Ich hab ihn! Morgen hören Sie wieder von mir. Vorerst vielen Dank.« Snowman nickte nur, ohne den Blick von dem Auktionator zu wenden.

Bond stand auf und drängte sich durch den Mittelgang nach hinten. Er hörte, wie der Auktionator zum drittenmal wiederholte: »Einhundertfünfundfünfzigtausend Pfund sind mir geboten.« Dann fiel leise der Hammer. »Für Sie, Sir.«

Bond erreichte den rückwärtigen Teil des Saals, ehe das Publikum Beifall klatschend aufstand. Der Mann im dunklen Anzug hatte die Brille inzwischen wieder aufgesetzt; er kam nicht so schnell aus seiner Stuhlreihe heraus. Bond tarnte sich nun selbst mit einer Sonnenbrille und richtete es so ein, daß er dicht hinter dem Unbekannten in der Menge das Haus verließ und ihn genau beobachten konnte.

Der Mann trug das Haar lang zurückgekämmt. Er hatte einen Specknacken und angewachsene Ohrläppchen, außerdem einen leichten, ziemlich hoch sitzenden Buckel, der von einer Rückgratverkrümmung herrühren mochte.

Plötzlich erinnerte sich Bond wieder: Das war Pjotr Malinowski, der in der Botschaft offiziell als »Landwirtschafts-Attaché« fungierte.

Als sie das Gebäude verlassen hatten, ging Malinowski mit raschen Schritten auf die Conduit Street zu. An der Bordsteinkante wartete ein Taxi mit laufendem Motor und heruntergeklapptem FREI-Zeichen. Ohne Eile stieg Bond ein und sagte zum Fahrer: »Der dort ist es – aber Vorsicht!«

»Jawohl, Sir«, murmelte der Fahrer, der zur Abteilung M. I. 5 gehörte. Er fuhr gemächlich an.

Malinowski nahm in der Bond Street ein Taxi. Bei dem regen Abendverkehr bot die Verfolgung keinerlei Schwierigkeiten. Bond lächelte zufrieden vor sich hin, als das Taxi des Russen an der Park Street nach Norden abbog und die Bayswater Street entlangfuhr. Jetzt kam es nur noch darauf an, ob der Wagen durch die private Einfahrt in die Kensington Palace Gardens einbiegen würde. Das erste, wuchtige Gebäude auf der linken Seite beherbergte die Sowjetische Botschaft. Wenn ja, dann war der Fall erledigt. Die beiden Polizeibeamten, die wie üblich den Eingang der Botschaft bewachten, waren an diesem Abend vom Geheimdienst ausgesucht worden. Sie hatten den Auftrag, festzustellen, ob der Fahrgast des vorderen Taxis auch tatsächlich das Botschaftsgebäude betrat.

Die Beweise des Geheimdienstes, zusammen mit den neuen, von James Bond und dem Fotografen der Abteilung M. I. 5 beigebrachten Unterlagen, mußten dann ausreichen, um Pjotr Malinowski durch das Auswärtige Amt zur *persona non grata* erklären und aufgrund seiner Spionagetätigkeit nach Hause schicken zu lassen. Damit hätten die Russen in dem unbarmherzigen Schachspiel der Spionage eine Königin verloren. Mehr konnte sich James Bond als Ergebnis eines Besuchs in den Auktionshallen nicht wünschen.

Das vordere Taxi rollte tatsächlich durch das mächtige schmiedeeiserne Tor.

Bond lächelte zufrieden und tippte dem Fahrer auf die Schulter.

»Vielen Dank – das war's. Zum Büro bitte.«

Duell mit doppeltem Einsatz

James Bond lag am fünfhundert Meter von der Zielscheibe entfernten Schießstand des berühmten Century-Schießplatzes in Bisley. Der weiße Pflock neben ihm im Gras zeigte eine 44, und dieselbe Zahl wiederholte sich hoch oben auf dem fernen Erdwall über der Zielscheibe. Sie maß zwei Quadratmeter, aber in der Dämmerung des Spätsommerabends erschien sie für das bloße Auge nicht größer als eine Briefmarke. Bonds Zielfernrohr jedoch, ein Infrarotgerät, das an seinem Gewehr angebracht war, hatte die ganze Leinwand im Schußfeld. Er konnte sogar deutlich die zartblauen und sandfarbenen Felder unterscheiden, in die die Zielscheibe eingeteilt war, und der halbkreisförmige Zielpunkt von fünfzehn Zentimeter Durchmesser wirkte so groß wie der Halbmond, der allmählich über dem fernen Kamm der Chobham-Hügel sichtbar wurde.

James Bonds letzter Schuß saß links unten – nicht gut genug. Bond blickte noch einmal auf die gelb-blauen Windfahnen. Der Ostwind war bedeutend stärker geworden in der halben Stunde, seit er mit den Schießübungen begonnen hatte. Er korrigierte den Windschieber und richtete das Fadenkreuz des Nachtzielgerätes wieder auf den Zielpunkt. Dann entspannte er sich, nahm Druckpunkt, atmete ganz flach und drückte sehr, sehr leicht ab.

Das heftige Krachen des Schusses dröhnte über den leeren Platz. Die Zielscheibe verschwand im Erdboden, und an ihrer Stelle kam sofort der Schußanzeiger hoch. Ja, die schwarze Scheibe war diesmal in der unteren rechten Ecke, nicht in der unteren linken: er hatte ins Schwarze getroffen.

»Gut«, ertönte die Stimme des aufsichthabenden Offiziers hinter ihm. »Nur weiter so.«

Die Zielscheibe schoß hoch, und Bond legte die Wange wieder an die warme Höhlung des Holzschaftes und sein Auge an die Gummimanschette am Okular des Nachtzielgerätes. Er wischte die linke Hand an seiner Hose ab und legte sie um den Gewehrgriff, unterhalb des Abzugsbügels. Dann spreizte er die

Beine ein wenig mehr. Jetzt sollten fünf Feuerstöße folgen. Bond war gespannt, ob die Streuung groß sein würde. Er glaubte es zwar nicht. Dieses Gewehr, das der Waffenmeister irgendwoher aufgetrieben hatte, war außergewöhnlich. Hielt man es in der Hand, so hatte man das Gefühl, ein stehender Mann in anderthalb Kilometer Entfernung sei mit Leichtigkeit zu treffen. Es war eine internationale Matchwaffe, Kaliber 308, vornehmlich für Probeschießen, von Winchester konstruiert und für amerikanische Schützen bei Weltmeisterschaftskämpfen bestimmt. Sie besaß die üblichen Vorrichtungen der Höchstpräzisionswaffen: einen gebogenen Aluminiumbügel hinten am Kolben, der unter die Achselhöhle reichte und den Schaft fest an der Schulter hielt, und einen verstellbaren Schwergewichtspunkt. Der Waffenmeister hatte den gewöhnlichen Einzelfeuermechanismus durch ein Fünf-Schuß-Magazin ersetzen lassen. Er hatte Bond versichert, daß selbst bei fünfhundert Meter Entfernung keine Streuung vorkomme, vorausgesetzt, daß man zwischen den Schüssen eine Pause von nur zwei Sekunden einlegte, um die Waffe sich beruhigen zu lassen. Bond glaubte, daß bei der Aufgabe, die er zu erledigen hatte, zwei Sekunden unter Umständen einen gefährlichen Zeitverlust bedeuteten, wenn er mit seinem ersten Schuß nicht traf. Übrigens hatte M gesagt, daß das Ziel nicht weiter als dreihundert Meter entfernt sei. Bond beschloß, nur eine Sekunde zu warten – das hieß fast Dauerfeuer.

»Bereit?«

»Ja.«

»Ich zähle von fünf abwärts. Jetzt! Fünf, vier, drei, zwei, eins. Feuer!«

Der Erdboden erbebte leise, und die Luft sang, als die fünf Kupfernickelprojektile in die Dämmerung hinaussausten. Die Zielscheibe senkte sich und kam rasch wieder hoch – vier kleine weiße Scheiben steckten dicht nebeneinander auf dem Ziel. Eine fünfte Scheibe war nicht zu sehen – nicht einmal eine schwarze, um einen Links- oder Rechtsschuß anzuzeigen.

»Der letzte Schuß war tief«, sagte der aufsichthabende Offi-

zier und senkte sein Nachtglas. »Vielen Dank für die Spende. Wir sieben den Sand auf den Wällen immer am Jahresende durch. Dabei erzielen wir nie weniger als fünfzehn Tonnen guten Blei- und Kupferschrott. Das bringt allerhand Geld.«
Bond hatte sich inzwischen erhoben. Corporal Menzies von der Waffenkammer kam aus dem Pavillon des Schützenklubs und kniete auf den Boden, um die Winchesterbüchse zu zerlegen. Er blickte zu Bond auf und sagte leicht vorwurfsvoll: »Sie haben etwas zu schnell abgezogen, Sir. Der letzte Schuß mußte ja vom Ziel abkommen.«
»Das weiß ich. Ich wollte sehen, *wie* rasch ich schießen kann. An der Waffe gibt's nichts auszusetzen. Eine verflixt gute Arbeit. Bitte, richten Sie das dem Waffenmeister von mir aus. Ich breche jetzt am besten gleich auf. Sie finden Ihren Weg nach London ja wohl allein, nicht wahr?«
»Ja. Gute Nacht, Sir.«
Der aufsichthabende Offizier gab Bond eine Bescheinigung seiner Schießresultate – zwei Anschüsse und dann zehn Schüsse bei je hundert Meter bis zu fünfhundert Metern. »Sie haben verdammt gut geschossen, wenn man die Sicht bedenkt. Eigentlich sollten Sie nächstes Jahr wiederkommen und versuchen, den Preis der Königin zu kriegen. Bei diesem Preisschießen kann heutzutage jeder mitmachen – solange er aus einem Land stammt, das zum Commonwealth gehört.«
»Vielen Dank. Der Haken dabei ist nur: ich bin nicht eben häufig in England. Und besten Dank auch für die Schießaufsicht.« Bond blickte auf den fernen Uhrturm. Zu beiden Seiten wurden die rote Flagge und der Signalkorb eingeholt zum Zeichen, daß nicht mehr geschossen würde. Die Zeiger standen auf neun Uhr fünfzehn. »Ich hätte Sie gern zu einem Drink eingeladen, aber ich habe eine Verabredung in London. Können wir's aufschieben bis zum Schießen um den Preis der Königin?«
Der Offizier nickte enttäuscht. Er hätte diesen Mann zu gern ein wenig ausgehorcht, der da nach einer hastigen Ankündigung des Verteidigungsministeriums wie ein Blitz aus heite-

rem Himmel erschienen war und weit über neunzig Prozent der möglichen Punktzahl bei allen Entfernungen erreicht hatte – und das, nachdem der Schießstand schon für die Nacht geschlossen und die Sicht mangelhaft bis schlecht war. Und warum war er, der nur bei den jährlichen Juli-Treffen seines Amtes waltete, herbeizitiert worden? Und warum sollte er dafür sorgen, daß Bond bei fünfhundert Meter Entfernung einen Zielpunkt hatte, der nur fünfzehn Zentimeter groß war, statt der üblichen siebenunddreißigeinhalb? Und warum dieser Humbug mit der roten Flagge und dem Signalkorb, die nur bei feierlichen Anlässen gebraucht wurden? Um einen Druck auf den Mann auszuüben? Um anzudeuten, daß seine Übungen besonders wichtig waren? Bond. Commander James Bond. Im Archiv des Scharfschützenkorps würden sicherlich Angaben über einen Mann zu finden sein, der so gut schießen konnte. Er mußte unbedingt einmal dort vorbeigehen. Merkwürdige Zeit für eine Verabredung in London. Wahrscheinlich ein Mädchen. Ein Ausdruck der Verstimmung überflog das nicht eben markante Gesicht des aufsichthabenden Offiziers. Der Kerl sah ganz danach aus, als könnte er alle Frauen bekommen, die er haben wollte.

Die beiden Männer wanderten hinter dem Schießstand durch die Klubstraße mit ihren hübschen Fassaden zu Bonds Auto.

»Toller Wagen«, bemerkte der Offizier. »Habe noch nie eine solche Karosserie auf einem kontinentalen Wagen gesehen. Spezialanfertigung?«

»Ja. Der Mark IV ist eigentlich doch nur ein Zweisitzer und hat verteufelt wenig Gepäckraum. Also habe ich Mulliner dazu bewogen, ihn in einen richtigen Zweisitzer mit viel Kofferraum umzubauen. Spricht für meinen Egoismus, der Wagen, fürchte ich. Also, gute Nacht. Und nochmals vielen Dank.«

Die beiden Auspuffrohre donnerten auf, und der Kies unter den Hinterrädern spritzte weg.

Der aufsichthabende Offizier blickte den rubinroten Lichtern nach, bis sie in Richtung London verschwanden. Dann machte er kehrt und ging auf die Suche nach Corporal Menzies, um ihn auszuhorchen – ein Bemühen, das sich als fruchtlos erwies. Der Corporal, der eben eine große Mahagonikiste in einen khakifarbenen Land-Rover ohne militärische Kennzeichen lud, blieb zugeknöpft. Der Land-Rover brauste davon in derselben Richtung, die Bond eingeschlagen hatte, und der Major wanderte verärgert zu den Büros des Schützenkorps, um in der Bibliothek unter »Bond, J.« nachzuschlagen und seinen Wissensdurst zu stillen.

James Bond war nicht mit einem Mädchen verabredet. Er hatte ein Rendezvous ganz anderer Art. Doch zunächst mußte er eine BEA-Maschine erreichen, die ihn nach Berlin bringen sollte. Er ließ den großen Wagen auf Hochtouren laufen, um vor dem Abflug Zeit für zwei, drei Drinks zu haben. Während er die Kilometer zum Londoner Flughafen hinter sich brachte, konzentrierte er sich nur halb auf die Straße. Seine Gedanken waren mit den Ereignissen beschäftigt, die zu dem bevorstehenden Flug geführt hatten. James Bond sollte an einem der drei nächsten Abende ein Rendezvous in Berlin haben, und zwar mit einem Mann. Und diesen Mann mußte er unfehlbar erschießen.

Als James Bond an diesem Nachmittag gegen zwei Uhr dreißig durch die gepolsterten Doppeltüren gegangen war und gegenüber der abgewandten Gestalt an dem großen Schreibtisch Platz genommen hatte, witterte er bereits Unheil. Es fand keine Begrüßung statt. M hatte ihn an Churchill erinnert, als er so dasaß, unter der Last düsterer Gedanken gleichsam in seinen steifen Hemdkragen versinkend, einen bitteren Zug um die Mundwinkel. Er drehte seinen Stuhl herum, um Bond voll anzusehen, musterte ihn abschätzend, als wolle er prüfen, ob Bonds Schlips gerade saß und sein Haar richtig gebürstet war, und begann dann zu sprechen. Er redete sehr rasch und abgehackt; offenbar wollte er sich von dem, was er zu sagen hatte, und zugleich von Bond so schnell wie möglich befreien.

»Nummer 272. Ein tüchtiger Mann. Sie sind ihm noch nicht begegnet. Aus dem einfachen Grund, weil er seit dem Krieg in Nowaja Semlja hängengeblieben ist. Nun versucht er, herauszukommen — beladen mit Material. Atomkram und Raketen. Und ihrem Plan für eine ganz neue Versuchsreihe. Für 1961. Um den Westen einzuschüchtern. Hat irgendwas mit Berlin zu tun. Bin nicht ganz im Bild, aber das Außenministerium behauptet, wenn es stimme, sei es ungeheuerlich. Der reinste Hohn auf die Genfer Konferenz und all dieses Geschwätz von Atomabrüstung, das der Ostblock von sich gibt. Der Mann ist bis Ostberlin durchgekommen. Aber praktisch der ganze kommunistische Geheimdienst ist ihm auf den Fersen — und der ostdeutsche Sicherheitsdienst natürlich auch. Er hält sich irgendwo in der Stadt versteckt und hat uns benachrichtigt, daß er an einem der nächsten drei Abende zwischen sechs und sieben Uhr über die Grenze kommen will — also morgen, übermorgen oder den Tag darauf. Er hat auch den Ort angegeben. Der Haken bei der Sache ist« — der bittere Zug um M's Mundwinkel verschärfte sich —, »daß der Bote, den er mit der Nachricht herüberschickte, Doppelagent ist. Station W. B. hat ihm gestern das Handwerk gelegt. Rein zufällig. Hatten Glück mit einer KGB-Chiffre. Der Agent wird natürlich zur Aburteilung herausgeflogen. Aber das nützt uns nicht viel. Der KGB weiß, daß 272 die Flucht riskieren will. Sie kennen die Zeit. Sie kennen den Ort. Sie wissen genauso viel wie wir und nicht mehr. Die Chiffre, die wir entschlüsselt haben, galt zwar nur für einen Tag. Aber über die Vorgänge dieses einen Tages sind wir orientiert, und das genügt uns. Sie beabsichtigen, ihn auf der Flucht zu erschießen. An der Stelle, die er in seiner Botschaft erwähnte. Es handelt sich um eine Straßenkreuzung am Sektorenübergang. Sie machen ein ziemliches Tamtam damit — Unternehmen ›Ekstase‹ nennen sie es. Sie haben ihren besten Scharfschützen mit der Aufgabe betraut, 272 umzulegen, und er bewacht die Stelle jeden Abend. Wir wissen von ihm nichts weiter, als daß sein Kode-Name das russische Wort für ›Abzug‹ ist. Station W. B. nimmt an, daß es derselbe Mann ist, den sie schon vorher für solche Einsätze verwendet haben. Schießen auf weite Entfer-

nung über die Grenze hinweg. Selbstverständlich wäre ihnen ein Maschinengewehr oder ähnliches lieber. Das funktioniert sicherer. Aber augenblicklich ist es ruhig in Berlin, und offenbar soll es so bleiben. Jedenfalls« – M zuckte die Achseln –, »haben sie Vertrauen zu diesem ›Abzug‹-Helden, und die Sache soll auf diese Art erledigt werden.«
»Und was für eine Rolle spiele ich dabei, Sir?« James Bond hatte die Antwort im stillen bereits erraten, hatte erraten, warum M seinen Abscheu vor der ganzen Geschichte so deutlich zeigte. Schmutzige Arbeit stand bevor, und Bond war dazu ausersehen, da er nun einmal zur Doppel-o-Abteilung gehörte. In einer rebellischen Anwandlung wollte Bond M zwingen, es ihm sozusagen schwarz auf weiß zu geben. Hier handelte es sich um eine schlechte, eine schmutzige Nachricht, und er wollte sie nicht von einem der Abteilungsoffiziere hören, nicht einmal vom Stabschef selbst. Hier wurde ein Mord verlangt. Na schön. Dann sollte M es nur ruhig aussprechen.
»Was für eine Rolle Sie dabei spielen, 007?« M blickte kalt über den Schreibtisch hinweg. »Das wissen Sie ganz genau. Sie haben diesen Schützen zu töten. Und Sie müssen ihn töten, bevor er 272 niederknallt. Weiter nichts. Verstanden?« Die klaren blauen Augen blieben eiskalt – aber nur, indem M seine ganze Willenskraft aufbot. Er schickte nicht gern jemanden zum Töten fort. Aber wenn es unbedingt sein mußte, schlug er immer diesen heftigen, schneidenden Kommandoton an. Bond kannte den Grund. Er tat es, um das Schuldgefühl zu mildern, das auf dem Betroffenen lastete.
Da Bond das wußte, beschloß er, M rasch aus dieser Situation zu befreien. Er stand auf. »In Ordnung, Sir. Ich nehme an, der Stabschef wird mir alle näheren Anweisungen geben. Ich werde jetzt am besten ein paar Schießübungen machen. Einen Fehlschuß kann ich mir nicht leisten ...« Er ging zur Tür.
M sagte ruhig: »Es tut mir leid, Ihnen das aufhalsen zu müssen. Eine häßliche Arbeit. Aber sie muß gut erledigt werden.«
»Ich werde mir Mühe geben, Sir.« Damit verließ James Bond das Zimmer. Ihm behagte diese Aufgabe nicht. Aber immer

noch besser, sie auszuführen, als die Verantwortung auf sich zu laden, jemand anders dazu abzukommandieren.
Der Stabschef hatte nur eine Spur mehr Mitgefühl gezeigt. »Tut mir leid, daß man Ihnen das zugeschustert hat, James«, hatte er gesagt. »Aber Tanqueray erklärte ganz entschieden, daß er auf seiner Station niemanden habe, der gut genug dafür sei, und einem regulären Soldaten kann man die Aufgabe nicht zumuten. Es gibt zwar viele ausgezeichnete Schützen in der Besatzungsarmee, eine lebende Zielscheibe verlangt jedoch andere Nerven. Jedenfalls habe ich mich mit Bisley in Verbindung gesetzt und ein Übungsschießen für Sie vereinbart: heute abend um acht Uhr fünfzehn, wenn die Schießstände geschlossen sind. Die Sicht dürfte dieselbe sein, wie Sie sie etwa eine Stunde früher in Berlin erwarten können. Der Waffenmeister hat das richtige Gewehr bereit — eine hochqualifizierte Matchwaffe — und schickt es mit einem seiner Leute hin. Sie fahren mit Ihrem eigenen Wagen nach Bisley. Um Mitternacht werden Sie dann mit einem gecharterten Flugzeug der BEA nach Berlin fliegen. Dort nehmen Sie ein Taxi zu dieser Adresse.« Er gab Bond ein Stück Papier. »Im vierten Stock des Hauses erwartet Sie Tanquerays Nummer 2. Dann wird Ihnen leider nichts anderes übrigbleiben, als die nächsten drei Tage in der Wohnung abzusitzen.«
»Und das Gewehr? Soll ich es etwa in meiner Golftasche durch die deutsche Zollkontrolle schleppen?«
Der Stabschef war nicht zu Späßen aufgelegt gewesen. »Es wird mit der Kurierpost befördert; und morgen gegen Mittag haben Sie es in Händen.« Mit diesen Worten hatte er nach einem Meldeblock gegriffen. »Sie machen sich jetzt am besten auf die Socken. Ich will Tanqueray gleich Bescheid geben, daß alles arrangiert ist.

James Bond sah auf das schwachbeleuchtete blaue Zifferblatt der Uhr am Armaturenbrett. Zehn Uhr fünfzehn. Wenn er Glück hatte, würde morgen um diese Zeit alles bereits erledigt sein. Schließlich gab es nur eine Wahl: entweder starb dieser

»Abzug«-Mann oder Nummer 272. Genaugenommen war es kein Mord. Aber beinahe. Heftig preßte er den Daumen auf seine Dreiklanghupe, um eine harmlose Limousine zu überholen. Er sauste so stürmisch in den Kreisverkehr, daß er ins Schleudern geriet, und riß das Steuer scharf herum. Dann fuhr er auf den fernen Lichterschein zu, den der Flughafen von London ausstrahlte.

Das häßliche sechsstöckige Gebäude an der Ecke Koch- und Wilhelmstraße war das einzige Haus in der Wüstenei eines leeren, zerbombten Geländes. Hüfthohes Unkraut und halbweggeräumte Schuttberge erstreckten sich bis zu einer großen, verlassenen Straßenkreuzung, die in der Mitte von einer Gruppe gelblicher Bogenlampen beleuchtet wurde. Bond bezahlte den Taxifahrer und ging auf die Tür zu. Er drückte den Klingelknopf der vierten Etage und hörte gleich darauf das Klicken des Türöffners. Über den kahlen Zementboden schritt er zu dem altmodischen Aufzug. Der Geruch nach Kohl, billigen Zigarren und schalem Schweiß erinnerte ihn an andere Mietshäuser in Deutschland und Mitteleuropa. Wieder einmal hatte ihn M wie ein Geschoß auf ein fernes Ziel abgefeuert, wo ein unangenehmes Problem zu lösen war. Selbst das Ächzen und schwache Quietschen des langsamen Aufzuges gehörte mit zu den Unannehmlichkeiten. Diesmal war das Empfangskomitee wenigstens auf seiner Seite. Diesmal brauchte er am oberen Ende der Treppen nichts zu befürchten.
Nummer 2 der Geheimdienststation W. B. war ein hagerer, nervöser Mann Anfang der Vierzig. Er trug die Uniform seiner Berufsklasse – einen gutgeschnittenen, etwas abgenützten, leichten Tweedanzug mit dunkelgrünem Fischgrätenmuster, ein weiches weißes Seidenhemd und den alten Schulschlips von Winchester. Als Bond diesen Schlips sah und mit Nummer 2 in dem moderigen Vestibül der Wohnung die üblichen Begrüßungsworte austauschte, sank seine an sich schon gedrückte Stimmung um einen weiteren Grad. Er kannte diesen Typ: Rückgrat des Beamtentums; in Winchester zuviel Paukerei

und zuwenig Frauen; Zweitbester bei den Prüfungen in Oxford; der Krieg, verschiedene Stabsposten, die er bestimmt mit peinlicher Genauigkeit ausgefüllt hatte; einen *Order of the British Empire*; Alliierter Kontrollrat in Deutschland, wo er in die Nachrichtenabteilung geraten war und von dort in den Geheimdienst — weil er der ideale Stabsoffizier war, sich gut mit den Sicherheitsbehörden verstand und glaubte, er werde Abenteuer, Spannung und Romantik finden: Dinge, die er nie erlebt hatte. Man hatte einen nüchternen, vorsichtigen Mann benötigt, der Bond bei seinem schmutzigen Auftrag betreuen sollte. Captain Paul Sender, ehemaliger Offizier bei der Waliser Garde, war offensichtlich der gegebene dafür gewesen. Als guter Winchester-Schüler verbarg er jetzt seinen Abscheu vor dieser Aufgabe hinter nichtssagenden, abgedroschenen Phrasen, während er Bond die Wohnung zeigte sowie die Vorbereitungen, die für die Arbeit des Henkers und in bescheidenem Maße für seine Bequemlichkeit getroffen worden waren.

Die Wohnung bestand aus einem großen Doppelschlafzimmer, einem Badezimmer und einer Küche, in der sich Konserven, Milch, Butter, Eier, Brot und eine Flasche Whisky befanden. Im Schlafzimmer war eines der beiden Doppelbetten an die Vorhänge geschoben worden, die das einzelne breite Fenster bedeckten, und unter dem Bettzeug hatte man drei Matratzen übereinandergetürmt. Das war das einzig Ungewöhnliche in der ganzen Wohnung.

»Möchten Sie vielleicht einen Blick auf das Schußfeld werfen?« erkundigte sich Captain Sender. »Dann kann ich Ihnen erklären, was die andere Seite vorhat.«

Bond war müde. Er hatte wenig Neigung, mit dem Bild des Schlachtfeldes vor Augen einzuschlafen. »Das wäre sehr gut«, erwiderte er dennoch.

Captain Sender drehte die Beleuchtung aus. Schmale Lichtstreifen von den Bogenlampen an der Straßenkreuzung rahmten die Vorhänge ein. »Ich möchte die Gardinen nicht aufziehen«, sagte Captain Sender. »Es ist zwar unwahrscheinlich, aber doch möglich, daß sie nach jemand Ausschau halten, der 272

Deckung geben soll. Wenn Sie sich aufs Bett legen, mit dem Kopf unter den Vorhängen, erkläre ich Ihnen das Gelände. Sehen Sie bitte nach rechts.«

Es war ein Schiebefenster, und die untere Hälfte war offen. Die Matratzen gaben, wie beabsichtigt, nur wenig nach, und James Bond fand sich mehr oder weniger im gleichen Anschlag wie auf dem Century-Schießstand. Aber jetzt hatte er unebenes, dicht mit Unkraut bewachsenes Ruinengelände vor sich, bis hin zur strahlend hellen Zimmerstraße – der Grenze von Ostberlin. Sie mußte etwa hundertfünfzig Meter entfernt sein. Captain Senders Stimme ertönte jetzt hinter dem Vorhang. Sie klang dumpf, und Bond kam sich vor wie in einer spiritistischen Sitzung.

»Vor Ihnen liegt ausgebombtes Gelände. Bietet gute Deckung. Bis zur Grenze sind es hundertunddreißig Meter. Die Straße bildet die Grenze. Danach kommt ein weiteres großes Trümmerfeld auf der Ostberliner Seite. Das ist der Grund, warum 272 diesen Weg wählte. Es ist eine der wenigen Stellen in der Stadt, wo hüben wie drüben noch alles zerstört ist – dichtes Unkraut, Ruinenmauern, Keller. Er wird sich durch das Ödland im Ostsektor schleichen und dann über die Zimmerstraße rennen, um die Wüstenei auf unserer Seite zu erreichen. Das hat nur einen Haken: er muß eine hellerleuchtete Grenzzone von dreißig Metern überqueren. Und da soll er abgeknallt werden. Ist das klar?«

»Ja«, erwiderte Bond. Er sagte es leise. Er witterte bereits den Gegner, den unvermeidlichen Kampf, und seine Nerven vibrierten.

»Der neue, große, zehnstöckige Gebäudeblock zu Ihrer Linken ist das Haus der Ministerien, das Hirnzentrum von Ostberlin. Sie sehen in den meisten Fenstern noch Licht. Fast überall bleibt es die ganze Nacht hell. Die Burschen arbeiten schwer – schichtweise vierundzwanzig Stunden hindurch. Sie brauchen sich wahrscheinlich nicht um die erleuchteten Fenster zu kümmern. Der ›Abzug‹-Mann wird mit ziemlicher Sicherheit aus einem der dunklen Fenster schießen. An der Ecke über der

Kreuzung sehen Sie eine Front von vier dunklen Fenstern. Sie sind gestern und heute unbeleuchtet geblieben. Diese Fenster geben den besten Schießstand ab. Von hier aus variiert die Schußweite zwischen dreihundert und dreihundertundzehn Metern. Ich habe alle Zahlen und so weiter, wenn Sie sie anschauen wollen. Im übrigen brauchen Sie sich nicht viel Gedanken zu machen. Die Straße bleibt abends leer. Nur die motorisierte Patrouille erscheint jede halbe Stunde – ein leichter Panzerspähwagen, von ein paar Motorrädern begleitet. Gestern abend zwischen sechs und sieben – in der Zeit also, in der die Sache steigen soll und wahrscheinlich in Zusammenhang damit – gingen ein paar Leute durch die Seitentür ein und aus. Beamtentypen. Vorher nichts Ungewöhnliches – der übliche Strom von Menschen, die ein Regierungsgebäude betreten und verlassen –, mit Ausnahme eines ganzen Damenorchesters! Die veranstalteten einen Höllenspektakel in irgendeinem Konzertsaal da drin. In einem Flügel befindet sich das Kulturministerium. Sonst nichts – bestimmt niemand von den KGB-Leuten, die wir kennen, und keinerlei Anzeichen von Vorbereitungen. Aber das war auch nicht zu erwarten. Vorsichtige Leute, die da drüben. Schauen Sie sich nur genau um. Und vergessen Sie nicht, daß es jetzt dunkler ist als morgen gegen sechs Uhr – einen allgemeinen Eindruck können Sie trotzdem bekommen.«

Diesen Gesamtüberblick hatte Bond gewonnen, und der haftete noch, als der andere längst in tiefem Schlaf lag und leise mit einem sanften, regelmäßig wiederkehrenden Schnalzlaut schnarchte – ein typisches Winchester-Schnarchen, dachte Bond gereizt.

Ja, er sah das Bild deutlich vor sich – eine schattenhafte Gestalt, die zwischen den düsteren Ruinen jenseits des hellen Lichtgürtels hin und her huschte, innehielt, dann in wildem Zickzackkurs unter dem grellen Schein der Bogenlampen weiterrannte, donnernde Salven und danach – entweder Tod oder Rettung. Entweder würde eine zusammengesunkene Gestalt mitten auf der breiten Straße liegen, oder der Flüchtling hastete weiter durch die unkrautbewachsenen Trümmer des Westsektors. Ein wahres Spießrutenlaufen! Wieviel Zeit würde er, Bond, haben, um den russischen Scharfschützen in einem jener dunklen Fenster zu entdecken? Und um ihn zu töten? Fünf Sekunden? Zehn? Als das bleigraue Licht der Dämmerung die Vorhänge umrandete, kapitulierte Bond vor seinen quälenden Gedanken. Sie hatten gesiegt. Er schlich ins Badezimmer und prüfte die Reihen der Medizinflaschen, die der Geheimdienst fürsorglich bereitgestellt hatte, um seinen Henker in guter Verfassung zu halten. Er wählte Tuinal, spülte zwei der rot-blauen Kapseln mit einem Glas Wasser hinunter und ging wieder zu Bett. Dann sank er in einen totenähnlichen Schlaf.

Gegen Mittag erwachte er. Die Wohnung war leer. Er zog die Gardinen auf, um den grauen Tag hereinzulassen, trat vom Fenster zurück und betrachtete das trostlose Berlin. Er lauschte auf die Straßenbahngeräusche und das ferne Kreischen der S-Bahn, als sie um die große Kurve in Richtung Bahnhof Zoologischer Garten fuhr. Widerwillig warf er einen raschen Blick auf das Gelände, das er am Vorabend inspiziert hatte, stellte fest, daß die Unkrautsorten in den Bombentrümmern so ziemlich die gleichen waren wie in London — Roter Heinrich, Kletten, Adlerfarn —, und ging dann in die Küche. Beim Brot lag ein Zettel: »Mein Freund (ein Geheimdienst-Euphemismus, mit dem in diesem Zusammenhang Senders Vorgesetzter gemeint war) läßt Ihnen sagen, daß Sie ruhig ausgehen können. Sie möchten aber um siebzehn Uhr zurück sein. Ihr Werkzeug (eine Umschreibung für Bonds Gewehr) ist angekommen, und der Bursche wird es heute nachmittag bringen. P. Sender.«

Bond zündete den Gaskocher an, verbrannte den Zettel mit einem Hohnlächeln über seinen Beruf und machte sich dann eine riesige Portion Rührei mit Speck, die er auf mit Butter bestrichenen Toast häufte. Dazu trank er schwarzen Kaffee, dem er einen ordentlichen Schuß Whisky hinzugefügt hatte. Dann nahm er ein Bad, rasierte sich und zog einen graubraunen, unauffälligen Anzug an, den er für diesen Zweck mitgebracht hatte. Er musterte flüchtig das unordentliche Bett, sagte sich: Ach was, zum Teufel damit!, stieg in den Lift und verließ das Haus.

James Bond hatte Berlin immer für eine finstere, unfreundliche Stadt gehalten, die in ihrem Westsektor mit einem brüchigen, glitzernden Firnis überzogen war, ähnlich den verchromten Verzierungen an amerikanischen Autos. Er ging zum Kurfürstendamm, setzte sich ins Café Marquardt und bestellte einen großen Espresso. Mißmutig betrachtete er die Fußgängerschlangen, die auf Grünlicht warteten, während der Strom glänzender Wagen über die lebensgefährliche Kreuzung brauste. Es war kalt draußen, und der schneidende Ostwind zerrte an den Röcken der Mädchen und den Regenmänteln der Männer, die ungeduldig dahineilten, die unvermeidliche Aktentasche unter den Arm geklemmt. Die Infrarotstrahler verbreiteten wohlige Wärme und überzogen die Gesichter der Besucher mit rosigem Schimmer. Die Stammgäste konsumierten ihre übliche Tasse Kaffee, lasen dazu Zeitungen und Zeitschriften oder beugten sich mit ernster Miene über Geschäftspapiere. Bond verscheuchte jeden Gedanken an den Abend und überlegte sich, wie er den Nachmittag am besten hinbringen könnte. In die engere Wahl kamen schließlich ein Besuch des ehrbar aussehenden Sandsteinhauses in der Clausewitzstraße, das allen Portiers und Taxichauffeuren bekannt war, oder ein Ausflug zum Wannsee und ein ausgedehnter Fußmarsch zurück durch den Grunewald. Die Tugend siegte. Bond bezahlte seinen Espresso, trat hinaus in die Kälte und nahm ein Taxi zum Bahnhof Zoo. Die schönen jungen Bäume rings um den langgestreckten See wirkten schon leicht herbstlich – hin und wieder sah man goldene Töne in dem Grün. Bond wanderte zwei Stunden über die laubbedeckten Wege, suchte sich dann ein Restaurant mit einer Glasveranda über dem See aus und verzehrte mit großem Genuß eine Mahlzeit, die aus einer doppelten Portion Matjesheringe in Sahne mit vielen Zwiebelringen und zwei Mollen mit Korn bestand. Dann fuhr er gestärkt mit der S-Bahn in die Stadt zurück.

Draußen vor dem Mietshaus stand ein unauffälliger junger Mann, der sich an dem Motor eines schwarzen Opel Kapitän zu schaffen machte. Sein Kopf blieb hinter der Haube versteckt, als Bond dicht an ihm vorbei zur Tür ging.

Captain Sender beruhigte ihn wegen des Mannes. Es war ein »Freund« – ein Unteroffizier von der Transportabteilung der Station W. B. –, der am Motor des Opels herummanipuliert hatte. Jeden Abend zwischen sechs und sieben würde er eine Reihe von Fehlzündungen produzieren, sobald ihn Sender über ein Funksprechgerät dazu aufforderte. Diese sollten dann Bonds Schüsse übertönen. Sonst würde die Nachbarschaft womöglich die Polizei alarmieren, und das hätte wiederum eine Menge umständlicher Erklärungen zur Folge. Ihr Versteck lag im amerikanischen Sektor, und obwohl ihre amerikanischen »Freunde« ihre Zustimmung zu diesem Unternehmen gegeben hatten, so bestanden sie natürlich darauf, daß sich alles reibungslos und ohne unangenehme Konsequenzen abwickelte.

Bond zeigte sich von dem Autotrick gebührend beeindruckt und ebenso von den kunstgerechten Vorbereitungen, die man im Schlafzimmer für ihn getroffen hatte. An der breiten Fensterbank hinter dem Kopfende seines hohen Bettes war ein Gestell aus Holz und Metall errichtet worden, das ihm eine tadellose Auflage gab. Darauf befand sich die Winchesterbüchse, die mit der Mündung ihres Laufes den Vorhang eben berührte. Das Holz und sämtliche Metallteile des Gewehres und des Nachtzielgerätes waren mit schwarzer Farbe mattiert. Auf dem Bett war ein hüftlanges schwarzes Samthemd mit einer Kapuze aus demselben Material ausgebreitet. Die Kapuze hatte breite Schlitze für Augen und Mund. Der Aufzug erinnerte Bond an Bilder von der spanischen Inquisition oder an die Scharfrichter, die während der Französischen Revolution die Guillotine bedient hatten. Eine ähnliche Kapuze lag auf Senders Bett, und auf seinem Teil der Fensterbank standen ein Nachtglas und das Mikrophon für das Funksprechgerät.

Captain Sender wirkte bedrückt und nervös. Er habe auf der

Station nichts Neues erfahren. Soweit ihnen bekannt, sei keine Änderung eingetreten. Wollte Bond etwas essen? Oder eine Tasse Tee? Vielleicht ein Beruhigungsmittel? Es seien mehrere Sorten im Badezimmer vorhanden.

Bond gab sich heiter und gelöst und lehnte dankend ab. Während er im Plauderton über seinen Ausflug berichtete, begannen sich seine Magennerven zusammenzuziehen. In seiner Schlagader pochte es leise und regelmäßig. Die innere Anspannung wuchs wie bei einem alarmbereiten Mechanismus. Schließlich war sein Vorrat an Gesprächsthemen erschöpft, und er legte sich auf sein Bett, einen deutschen Krimi in der Hand, den er unterwegs gekauft hatte. Captain Sender wanderte unruhig in der Wohnung umher, sah zu häufig auf seine Uhr und rauchte eine Kent-Filterzigarette nach der anderen.

Es zeigte sich, daß James Bond mit seiner Lektüre eine glückliche Wahl getroffen hatte. Ein in die Augen stechender Schutzumschlag mit einem halbnackten, an ein Bett gefesseltes Mädchen hatte ihn zum Kauf des Buches verleitet. Es trug den Titel: *Verdorben, verdammt, verraten,* und diese Schicksalsschläge hatten das Mädchen derart gründlich heimgesucht, daß James Bond vorübergehend seine Umgebung vergaß. Gereizt schreckte er hoch, als er Captain Sender sagen hörte, daß es halb sechs sei und sie langsam ihre Stellungen beziehen müßten.

Bond nahm Rock und Schlips ab, steckte sich zwei Stück Kaugummi in den Mund und zog sich die Kapuze über den Kopf. Captain Sender knipste das Licht aus, und Bond warf sich der Länge nach aufs Bett. Er legte das Auge an die Gummimanschette des Nachtzielgerätes, hob vorsichtig den unteren Rand des Vorhangs und schob ihn über die Schultern zurück.

Es dämmerte, aber im übrigen bot der Schauplatz, der ein Jahr später als »Checkpoint Charlie« berühmt werden sollte, den gleichen Anblick wie in der Nacht zuvor — das Ruinengelände vor ihm, der helle Streifen der Grenzstraße, das Trümmerfeld drüben und zur Linken der häßliche viereckige Komplex des

Ministerialgebäudes mit seinen erleuchteten und dunklen Fenstern. Bonds Auge glitt langsam prüfend über das Gebäude, während er das Gewehr mit dem Nachtzielgerät mit Hilfe von Präzisionsschrauben auf der hölzernen Auflage einrichtete. Ja, es war genauso wie am Vorabend, nur daß jetzt einige Angestellte das Ministerium durch die Tür an der Wilhelmstraße betraten oder verließen. Bond beobachtete durchs Visier die vier auch heute dunklen Fenster, die Sender und er für den feindlichen Schützenstandort hielten. Die Vorhänge waren zur Seite gezogen und die unteren Schiebefenster geöffnet. Bond konnte nicht in das Innere des Raumes sehen, aber innerhalb der vier länglichen, dunklen, gähnenden Öffnungen war keine Bewegung zu entdecken.

Nun belebte sich die unten vorbeiführende Straße. Das Damenorchester marschierte über das Trottoir auf den Eingang zu — zwanzig lachende, schwatzende Mädchen, die Geigen und Blasinstrumente trugen, Notentaschen und vier von ihnen Trommeln — eine fröhliche Schar. Bond dachte im stillen gerade, daß es offenbar doch Leute gab, die das Leben im Sowjetsektor lustig fanden, als sein Blick plötzlich auf das Mädchen fiel, das das Cello trug. Bond hörte auf zu kauen und visierte das Mädchen an.

Die Cellistin war größer als die anderen, und ihr schulterlanges, glattes blondes Haar leuchtete unter den Bogenlampen an der Kreuzung golden auf. Sie trug das Cello, als wäre es nicht schwerer als eine Geige. Alles an ihr flog — ihr Mantel, ihre Füße, ihre Haare. Sie war bezaubernd, lebensprühend, heiter, während sie mit den beiden Mädchen plauderte, die neben ihr gingen und über ihre Bemerkungen lachten. Als sie inmitten der Schar in den Eingang bog, sah er im Schein der Bogenlampen für einen kurzen Augenblick ein schönes, blasses Profil. Dann war sie verschwunden, und sein Herz krampfte sich zusammen. Seltsam! Wirklich sehr seltsam! Seit seiner Jugendzeit hatte keine Frau mehr das jähe Verlangen in ihm erweckt, die erregende sinnliche Anziehungskraft auf ihn ausgeübt wie dieses Mädchen, das er nur undeutlich aus der Ferne gesehen hatte. Mürrisch blickte Bond auf das Leuchtzifferblatt seiner Uhr. Fünf Uhr fünfzig. Nur noch zehn Minuten. Keine Transportmittel am Eingang. Keine dieser unauffälligen schwarzen ZIL-Limousinen, mit denen er halbwegs gerechnet hatte. Er schlug sich das Mädchen so gut wie möglich aus dem Kopf und begann, sich zu konzentrieren. Los, denk an deine Aufgabe, verdammt noch mal!

Irgendwo aus dem Innern des Ministeriums drang das vertraute Stimmen der Instrumente – eine Pause – und dann schmetterte das Orchester die ersten Takte einer selbst James Bond vage vertrauten Melodie.

»Die Ouvertüre zu Mussorgskijs *Boris Godunoff*«, erläuterte Captain Sender lakonisch. »Jedenfalls ist es gleich sechs.« Dann fügte er hastig hinzu: »He! Rechts im letzten der vier Fenster rührt sich was! Passen Sie auf!«

Bond senkte das Nachtzielgerät ein wenig. Ja, in der dunklen Höhle war eine Bewegung zu sehen. Und jetzt schob sich aus dem Innern ein dicker, schwarzer Gegenstand hervor – eine Waffe. Sie bewegte sich ruhig, exakt, drehte sich nach unten und seitwärts, so daß sie die Strecke der Zimmerstraße zwischen den beiden Ruinengebieten im Schußfeld hatte. Dann blieb die Waffe still; sie ruhte offenbar auf einem ähnlichen Gestell, wie Bond eins unter seinem Gewehr hatte.

»Was ist es? Was für ein Typ?« keuchte Captain Sender. Ruhig Blut, verdammt, dachte Bond. Wenn einer nervös sein darf, dann bin ich es.

Er spähte angestrengt hinüber, bemerkte den kurzen, dicken Mündungsfeuerdämpfer, das Zielfernrohr, das dicke, nach unten gerichtete Magazin. Ja, das war's – eindeutig! Das Beste, was sie hatten!

»Kalaschnikow«, sagte er kurz. »Maschinenpistole. Gasdrucklader. Dreißig Schuß, Kaliber 7.62. Lieblingswaffe des KGB. Sie wollen also das ganze Gebiet bestreichen. Großer Feuerbereich. Wir müssen ihn rasch erwischen, sonst ist 272 nicht nur tot, sondern Brei. Sie passen auf, ob sich irgendwas im

Trümmerfeld drüben bewegt. Ich muß das Fenster und die Waffe genau im Auge behalten. Schließlich wird er zum Vorschein kommen müssen, um zu schießen. Wahrscheinlich stehen hinter ihm ein paar Mann auf Beobachtungsposten — vielleicht an allen vier Fenstern. So ziemlich das, was wir erwartet haben, aber ich hätte nicht geglaubt, daß sie eine Waffe verwenden würden, die soviel Krach macht. Hätte es mir aber denken können. Ein laufender Mann ist in dieser Beleuchtung mit einem einzelnen Schuß viel schwerer zu treffen als mit Feuerstößen.«

Bond drehte sorgfältig an den Gestellschrauben und richtete das Fadenkreuz so ein, daß das Gewehr auf die Stelle zielte, wo die Schulterstütze der Maschinenpistole in die Dunkelheit tauchte. Triff in die Brust — kümmere dich nicht um den Kopf! Bond begann unter der warmen Kapuze zu schwitzen, und seine Augenhöhle an der Gummimanschette wurde feucht. Das machte nichts. Wenn nur seine Hände, sein Abzugfinger knochentrocken blieben! Er blinzelte hin und wieder, um die Augen auszuruhen, bewegte sich leicht, um die Glieder geschmeidig zu erhalten, und lauschte auf die Musik, um sich zu entspannen.

Die Minuten schlichen mit bleierner Langsamkeit dahin. Wie alt mochte sie wohl sein? Anfang der Zwanzig — vielleicht dreiundzwanzig. Die sichere, lässige Haltung, der aufrechte energische Gang, die geschmeidigen Bewegungen — das alles sprach für gute Klasse. Wahrscheinlich stammte sie aus einer der alten preußischen Familien, oder auch aus dem polnischen oder sogar dem russischen Adel. Aber warum, zum Teufel, mußte sie ausgerechnet Cello spielen? Der Gedanke an dieses große, plumpe Instrument zwischen ihren gespreizten Beinen hatte fast etwas Obszönes. Man sollte wirklich etwas erfinden, daß Frauen dieses verdammte Ding gewissermaßen im Damensattel spielen konnten ...

»Sieben Uhr«, verkündete Captain Sender. »Drüben hat sich nichts gerührt. Nur auf unserer Seite, in der Nähe eines Kellers dicht an der Grenze. Das wird unser Empfangskomitee sein – zwei gute Leute von der Station. Sie halten wohl besser so lange aus, bis die da drüben dichtmachen. Sagen Sie mir Bescheid, wenn sie die Waffe zurücknehmen.«

»In Ordnung.«

Es war bereits halb acht, als die Maschinenpistole des KGB im dunklen Inneren verschwand. Die unteren Hälften der vier Fenster wurden nacheinander geschlossen. Das kaltblütige Spiel war für diesen Abend beendet. 272 saß noch in seinem Versteck. Noch zwei solcher Abende!

Bond zog behutsam den Vorhang über seine Schulter und ließ ihn über die Mündung des Winchestergewehres fallen. Er stand auf, zog die Kapuze ab, ging ins Badezimmer und duschte. Dann trank er rasch hintereinander zwei doppelte Whisky mit Eis. Mit gespitzten Ohren wartete er darauf, daß jetzt die gedämpften Töne des Orchesters abbrachen. Um acht Uhr war es soweit. »Ich riskiere rasch noch einen Blick. Die große Blonde mit dem Cello hat es mir angetan«, sagte er zu Sender.

»Sie ist mir nicht aufgefallen«, erwiderte Sender uninteressiert und ging in die Küche. Tee, dachte Bond. Oder gar Ovomaltine. Bond streifte die Kapuze über, nahm seine frühere Stellung wieder ein und richtete das Nachtzielgerät auf die Tür des Ministeriums. Ja, da kamen sie, aber ihre Heiterkeit war verpufft. Müde vielleicht. Und nun erschien sie, weniger lebhaft, aber immer noch mit dem schönen, lässigen Gang. Bond blickte dem wehenden goldenen Haar und dem rehbraunen Regenmantel nach, bis die Dämmerung der Wilhelmstraße beides verschluckte. Wo mochte sie wohl wohnen? In einem Vorort, in irgendeinem jämmerlichen Zimmer mit abblätternden Tapeten? Oder bei den Privilegierten in der häßlichen Karl-Marx-Allee, in einem Appartement, das an gekachelte Waschräume erinnerte?

Bond zog sich wieder vom Fenster zurück. Irgendwo in Reichweite lebte dieses Mädchen. War sie verheiratet? Hatte sie einen Liebhaber? Ach, zum Teufel mit diesen Gedanken! Sie war nicht für ihn bestimmt.

Der nächste Tag und Abend war mit kleinen Abweichungen eine Wiederholung des ersten. James Bond hatte via Nachtzielgerät zwei weitere kurze Rendezvous mit dem Mädchen. Im übrigen schlug man die Zeit tot und spürte, wie sich die Spannung ständig steigerte. Am dritten und letzten Tag erfüllte sie den kleinen Raum wie Nebel.

James Bond hatte sich für den dritten Tag ein kaum zu bewältigendes Programm zusammengestellt: Museen, Kunstgalerien, den Zoo und einen Film. Dabei nahm er kaum etwas wahr von dem, was er betrachtete, denn seine Gedanken weilten bei dem Mädchen und bei den vier dunklen Fensterhöhlen mit dem schwarzen Rohr und dem unbekannten Mann dahinter – dem Mann, den er nun mit Gewißheit heute abend töten würde.
Als Bond pünktlich um fünf wieder in der Wohnung war, vermied er mit knapper Not einen Streit mit Captain Sender. Er hatte sich einen steifen Whisky eingeschenkt, bevor er die häßliche Kapuze überzog, die jetzt nach seinem Schweiß roch. Captain Sender hatte versucht, ihn daran zu hindern. Als das mißlang, drohte er den Stationschef anzurufen und zu melden, daß Bond gegen die Vorschriften verstieß.
»Hören Sie mal zu, mein Freund«, sagte Bond erschöpft, »ich muß heute abend einen Mord begehen. Nicht Sie. *Ich.* Machen Sie also bitte keine Scherereien. Wenn es vorbei ist, können Sie Tanqueray erzählen, was Sie wollen. Glauben Sie etwa, daß mir dieser Auftrag gefällt? Daß ich begeistert davon bin, eine Doppel-o-Nummer zu haben? Ich wäre glücklich, wenn Sie es fertigbrächten, daß ich aus der Doppel-o-Abteilung rausgeworfen würde. Dann könnte ich es mir gemütlich machen und mich als gewöhnliches Stabsmitglied in ein behagliches Papiernest setzen. Stimmt's?«
In eisigem Schweigen verließ Captain Sender das Zimmer und ging in die Küche, um sich, den Geräuschen nach zu urteilen, die unvermeidliche Tasse Tee zu brauen.
Bond spürte, wie der Whisky allmählich die verkrampften

Magennerven löste. Na, zum Teufel, wie würde er wohl aus dieser Patsche herauskommen?

Es war genau sechs Uhr fünf, als Sender auf seinem Posten aufgeregt zu reden begann. »Bond, es rührt sich etwas da drüben, noch ziemlich weit entfernt. Nun ist er stehen geblieben — halt, nein, er schleicht weiter, tief zusammengekauert. Jetzt ist er an einer Ruinenmauer. Dort können ihn die drüben nicht sehen. Aber er hat meterweise dichtes Unkraut vor sich. Mein Gott! Er kommt durch das Gestrüpp, und es bewegt sich. Hoffentlich denken sie, es ist nur der Wind. Nun ist er durch und hat sich hingeworfen. Irgendeine Reaktion am Fenster?«
»Nein«, erwiderte Bond nervös. »Berichten Sie weiter. Wie weit ist's noch bis zur Grenze?«
»Etwa fünfzig Meter. Dann hat er es geschafft.« Captain Senders Stimme war rauh vor Erregung. »Ruinengelände, aber teils offen. Dann ein massiver Mauerrest direkt am Gehsteig. Er wird drüberklettern müssen. An der Stelle müssen sie ihn sehen. Jetzt! Jetzt ist er zehn Meter weiter. Und wieder zehn. Ich habe ihn deutlich erkannt. Er hat sich Gesicht und Hände geschwärzt. Achtung! Jetzt muß er jeden Augenblick zum Endspurt ansetzen.«
James Bond spürte, wie ihm der Schweiß an Gesicht und Hals hinunterlief. Rasch rieb er sich die Hände ab. Im Nu waren sie wieder in der alten Stellung, der Zeigefinger im Bügel, an der Krümmung des Abzugs. »Es regt sich etwas im Raum hinter der Maschinenpistole. Sie müssen ihn entdeckt haben. Lassen Sie den Opel loslegen.« Bond hörte, wie das Kodewort ins Mikrophon gesprochen wurde, spürte, wie sein Herz schneller schlug, als der Motor des Opels ansprang und ohrenbetäubendes Auspuffgeknatter die Stille zerriß.
Jetzt war ganz deutlich eine Bewegung in der dunklen Fensterhöhle zu erkennen. Ein schwarzer Arm mit schwarzem Handschuh hatte sich ausgestreckt und unter den Schaft geschoben.
»Jetzt!« stieß Captain Sender hervor. »Jetzt! Er rennt auf die Mauer zu! Nun ist er oben! Gleich springt er ab!«

Und im nächsten Augenblick sah Bond im Infrarotgerät den Kopf des Schützen »Abzug« – das klare Profil, das goldene Haar –, alles am Schaft der Kalaschnikow sichtbar! Leicht zu treffen wie eine Tontaube! Blitzschnell stellte Bond die Schrauben ein wenig, und als das gelbe Mündungsfeuer der Maschinenpistole aufblitzte, drückte er ab.
Bei dieser Entfernung von dreihundertzehn Metern mußte die Kugel zwischen Schaft und Lauf aufgeschlagen sein und hatte vielleicht die linke Hand der Schützin getroffen. Auf alle Fälle war ihre Wirkung erstaunlich: sie riß die Maschinenpistole vom Gestell, schmetterte sie gegen den Fensterrahmen und schleuderte sie dann in die Tiefe. Die Waffe drehte sich mehrere Male in der Luft und krachte mitten auf die Straße.
»Er ist drüben!« schrie Captain Sender. »Er hat die Grenze hinter sich! Er hat's geschafft! Bei Gott, er hat's geschafft!«
»Hinlegen!« befahl Bond und warf sich seitwärts vom Bett, als das große Auge eines Scheinwerfers in einem der dunklen Fenster aufflammte und suchend die Straße hinaufglitt. Dann krachte Gewehrfeuer, und die Kugeln jaulten durch das Fenster, schlugen in die Wände, und die Täfelung barst.
Durch das Schwirren und Pfeifen der Kugeln hörte Bond den davonbrausenden Opel und dazwischen leise Orchesterklänge. Diese zweifache Geräuschkulisse machte ihm alles klar. Natürlich! Das Orchester, das in den Räumen und Korridoren des Ministeriums einen gewaltigen Krach verursacht haben mußte, sollte – genau wie bei ihnen die Fehlzündungen des Opels – das Maschinengewehrfeuer übertönen. Hatte die Schützin ihre Waffe etwa jeden Tag im Cellokasten hin und her geschleppt? Setzte sich das ganze Orchester aus KGB-Frauen zusammen? Waren in den übrigen Instrumentenbehältern nur Geräte gewesen – in der großen Trommel vielleicht der Scheinwerfer –, während die richtigen Instrumente bereits in der Konzerthalle standen? Oder war diese Hypothese zu phantastisch? Wahrscheinlich. Aber das Mädchen war ohne Zweifel die Schützin gewesen. Im Infrarotgerät hatte er sogar die dichten, langen Wimpern an dem zusammengekniffenen Auge er-

kennen können. Hatte er sie verletzt? Mit ziemlicher Sicherheit ihren linken Arm. Es gab keine Gelegenheit mehr für ihn, sie zu sehen, sich über ihr Befinden zu vergewissern, wenn sie mit dem Orchester das Gebäude verließ. Er würde sie nun niemals wiedersehen. Denn das Fenster hier war lebensgefährlich. Zur Bekräftigung dieser Tatsache schlug eine verirrte Kugel in die Winchesterbüchse, die bereits umgekippt und beschädigt war. Heißes Blei spritzte auf Bonds Hand und verbrannte ihm die Haut. Er stieß einen kräftigen Fluch aus. Plötzlich wurde das Feuer eingestellt. Im Raum herrschte Stille. Captain Sender tauchte aus seinem Schlupfwinkel neben dem Bett auf und schüttelte sich Glasscherben aus dem Haar. Der Fußboden knirschte unter ihren Schritten, als sie durch die zersplitterte Tür in die Küche gingen. Da dieser Raum nicht nach der Straße lag, konnten sie hier ungefährdet das Licht anknipsen.

»Verletzt?« fragte Bond.

»Nein. Haben Sie etwas abgekriegt?« Captain Senders Augen glänzten im Kampfesfieber. Zugleich bemerkte Bond darin einen scharfen, vorwurfsvollen Ausdruck.

»Nein. Ich brauche nur etwas Leukoplast für meine Hand. Habe heißes Blei von einer Kugel abgekriegt.« Bond ging ins Badezimmer. Als er wieder herauskam, saß Captain Sender am Funksprechgerät, das er aus dem Schlafzimmer geholt hatte. Er sprach gerade ins Mikrofon: »Das ist im Augenblick alles. Freue mich für 272. Schicken Sie rasch den Panzerwagen. Wäre froh, wenn ich hier endlich herauskäme, 007 wird einen Bericht über den Hergang abfassen müssen. Okay? Ende.«

Captain Sender wandte sich an Bond. Halb anklagend, halb verlegen sagte er: »Ich fürchte, Sie müssen dem Stationschef Ihre Gründe schriftlich darlegen, warum Sie den Kerl nicht erschossen haben. Ich habe beobachtet, wie Sie die Zielrichtung in letzter Sekunde änderten. Das gab dem Schützen Zeit, einen Schuß abzufeuern. 272 hatte verdammtes Glück, daß er gerade zu laufen begonnen hatte. Die Kugel riß unmittelbar hinter ihm Stücke aus der Mauer. Ich sah mich gezwungen, das dem Chef zu melden. Was war denn eigentlich los?«

James Bond hätte sehr wohl Lügen und ein Dutzend Gründe erfinden können. Statt dessen nahm er einen kräftigen Schluck von dem starken Whisky, den er sich eingeschenkt hatte, stellte das Glas auf den Tisch und blickte Captain Sender fest ins Auge.

»Schütze ›Abzug‹ war eine Frau.«

»Na, und? Der KGB hat viele weibliche Agenten – und weibliche Maschinengewehrschützen. Ich bin nicht im geringsten davon überrascht. Die russischen Frauen zeichnen sich bei den Weltmeisterschaften immer aus. Bei der letzten in Moskau errangen sie den ersten, zweiten und dritten Platz gegen sieben Länder. Ich kann mich sogar an zwei Namen erinnern – Donskaja und Lomowa – hervorragende Schützen. Vielleicht war es eine von den beiden. Wie sah sie denn aus? Im Archiv kann man sie wahrscheinlich identifizieren.«

»Es war eine Blondine – das Mädchen, das das Cello trug. Vermutlich hatte sie ihre Waffe im Cellokasten. Das Orchester sollte als Geräuschkulisse für die Schießerei dienen.«

»Oh!« sagte Captain Sender langsam. »Ich verstehe. Das Mädchen, auf das Sie scharf waren, wie?«

»Ganz recht.«

»Es tut mir leid, aber das werde ich in meinem Bericht ebenfalls erwähnen müssen. Sie hatten den eindeutigen Befehl, den Schützen ›Abzug‹ zu beseitigen.«

Ein Wagen näherte sich und bremste vor dem Haus. Es klingelte zweimal. Sender sagte: »Los, hauen wir ab. Sie haben uns einen Panzerwagen geschickt, um uns hier wegzuholen.« Er schwieg und wich Bonds Blick aus. »Das mit dem Bericht tut mir leid. Aber schließlich muß ich meine Pflicht tun. Und Sie hätten den Heckenschützen töten sollen, egal, wer es war.«

Bond stand auf. Plötzlich hatte er keine Lust mehr, diese stinkende, kleine, demolierte Wohnung zu verlassen – die Stätte, wo er drei Tage lang aus der Ferne eine Unbekannte geliebt hatte ... die Stätte seiner einseitigen Liebe zu einer fremden, feindlichen Agentin, deren Auftrag der gleiche gewesen war, wie der seine. Armes Ding! Sie saß jetzt schlimmer in der

Tinte als er! Sicherlich würde man sie vor ein Kriegsgericht stellen, weil sie ihre Aufgabe verpfuscht hatte. Wahrscheinlich würde sie aus dem KGB ausgestoßen. Er zuckte die Achseln. Zumindest würde man sie nicht umbringen — ebensowenig, wie er es gekonnt hatte ...

Erschöpft erwiderte James Bond: »Okay. Wenn ich Schwein habe, kostet mich das meine Doppel-o-Nummer. Aber sagen Sie dem Stationschef nur, er braucht sich keine Sorgen zu machen. Das Mädchen wird sich nicht mehr als Scharfschützin betätigen. Wahrscheinlich hat sie die linke Hand verloren. Bestimmt habe ich ihr den Schneid für dieses Handwerk abgekauft. Den Schreckschuß vergißt sie ihr Leben lang nicht. Für meine Begriffe genügte das. Los, gehen wir.«

Die Hildebrand-Rarität

Der Stachelrochen hatte zwei Meter Spannweite und maß von seiner stumpfen Nase bis zum tödlichen Schwanzende drei Meter. Sein Dunkelgrau spielte ins Violett, was in der Unterwasserwelt oft auf Gefahr deutet. Als er sich von dem gelben Sandgrund löste und eine Strecke weit schwamm, glich er einem durchs Wasser gezogenen schwarzen Handtuch.

James Bond, die Arme an den Körper gelegt und die Schwimmflossen nur leise bewegend, war hinter dem durch die weite, palmenumsäumte Lagune gleitenden Schatten her und wartete auf eine günstige Schußgelegenheit. Außer zu Eßzwecken tötete er Fische nur selten, aber es gab Ausnahmen: die großen Muränenaale zählten dazu und alles, was zur Familie der Skorpionfische gehörte. Und jetzt wollte er diesem bösartig aussehenden Stachelrochen den Garaus machen.

Es war ein Apilmorgen, und das Wasser der Belle-Anse-Lagune an der Südspitze von Mahé, der Hauptinsel in der Seychellengruppe, war glasklar. Der Nordwestmonsun hatte sich schon vor Monaten gelegt, und der Südostmonsun würde erst wieder im Mai Abkühlung bringen. Jetzt aber zählte man dreißig Grad im Schatten bei einer Luftfeuchtigkeit von neunzig, und in der Abgeschlossenheit der Lagune war das Wasser nahezu handwarm. Sogar die Fische schienen träger als sonst. Ein etwa fünf Kilo schwerer, grüner Papageienfisch unterbrach nur kurz seine Algenmahlzeit an einem Korallenbüschel, rollte die Augen, als Bond über ihn wegschwamm, und begann wieder zu fressen. Ein entgegenkommender Schwarm fetter grauer Karpfenfische teilte sich, ließ Bond durch und schloß sich wieder hinter ihm, um seinen Gegenkurs fortzusetzen. Nicht einmal die sonst so scheuen Tintenfische fanden es der Mühe wert, bei Bonds Vorbeikommen ihre Tarnfarbe zu ändern.

Langsam schwamm Bond weiter, den Stachelrochen gerade noch in Sicht. Bald würde das Tier ermüden oder sich beruhigen, weil Bond, dieser große Fisch über ihm, nicht angriff. Er würde sich auf einem ebenen Sandfleck zur Ruhe legen, sich so hell wie möglich machen, fast durchscheinend grau, und sich dann mit den sanften Wellenbewegungen seiner Flügelenden in den Sand eingraben.

Das Riff war jetzt näher, und es tauchten weitere Korallenbüschel und Seegrasflächen auf. Es war fast, als nähere man sich aus offenem Land einem belebteren Wohngebiet. Überall schimmerte und glitzerte es von schmucken Felsenfischen, und die riesigen Seeanemonen des Indischen Ozeans leuchteten flammengleich in den Schatten. Kolonien stacheliger Seegurken bildeten sepiafarbene Flecke, und die leuchtendblauen und gelben Fühler der Langusten tasteten suchend aus den Felsspalten. Da und dort schimmerte zwischen dem Seegras eine gescheckte Kaurimuschel hervor, und einmal erblickte Bond sogar die schönen, gespreizten Finger eines Venusfächers.

Aber all diese Dinge bedeuteten ihm für den Augenblick nichts; er schwamm stetig voran, das Riff interessierte ihn nur als Deckung, unter der er dem Rochen den Seeweg abzuschneiden hoffte, um ihn dann küstenwärts verfolgen zu können. Das Manöver glückte, und bald glitt der schwarze Schatten mit seinem braunen Verfolger wieder durch den großen, blauen Spiegel der Lagune zurück. Dann, in etwa vier Meter Tiefe, blieb der Rochen zum vielleicht hundertstenmal stehen. Auch Bond verhielt wassertretend auf der Stelle. Vorsichtig hob er den Kopf übers Wasser und entleerte seine Schutzbrille. Als er aber wieder hinunterspähte, war der Rochen verschwunden.

Bond hatte ein Champion-Harpunengewehr mit doppeltem Gummi. Die Harpune lief in eine nadelscharfe Dreizackspitze aus und hatte nur geringe Reichweite, war aber für die Jagd im Riffgebiet das beste. Bond schob die Sicherung hinauf und schwamm langsam weiter, die Flossen möglichst geräuschlos bewegend und bemüht, die ringsum verschwimmenden Grenzen des großen Lagunenbereichs zu durchdringen. Er suchte das Wasser nach jeder größeren, lauernden Form ab, denn es war nicht gut, einen Hai oder großen Barracuda zum Zeugen eines Jagderfolgs zu haben. Fische können schreien, wenn sie verletzt werden, aber auch sonst lockt ihre Wirbelbewegung und ihr Blut die Aasfresser an. Doch kein lebendes Wesen war zu sehen, und nur der Sand erstreckte sich bühnengleich bis in die verschwommenen Kulissen hinein.

Jetzt! Bond sah die schwachen Konturen auf dem Grund sich abzeichnen. Er schwamm, bis er direkt darüber war, blieb dann reglos an der Oberfläche liegen und blickte hinunter. Im Sand des Grundes ging eine fast unmerkliche Bewegung vor sich: das waren die beiden winzigen Atmungsströme über den nüsternartigen Öffnungen der Atemkanäle! Und dahinter war die leichte Anschwellung des Körpers erkennbar. Bond hatte sein Ziel vor sich! Zwei Zentimeter hinter den Atemlöchern mußte er es treffen. Er berechnete das mögliche Aufwärtspeitschen des Schwanzes, senkte langsam das Gewehr und drückte ab.

Eine Sanderuption erfolgte, die Bond einen beängstigenden Augenblick lang jeder Sicht beraubte. Dann zerrte es an der Harpunenleine, der Rochen erschien und schwamm davon, immer wieder mit dem Schwanz in Reflexbewegungen um sich schlagend. An seinem Schwanzende waren die scharfen Giftstacheln gut erkennbar, jene Stacheln, denen der Sage nach Odysseus zum Opfer fiel, und von denen Plinius berichtet, sie könnten sogar Bäume vergiften. Hier, im Indischen Ozean, wo die Seetiere am giftigsten sind, bedeutete schon ein einziger Kratzer dieses giftigen Rochenstachels den sicheren Tod!

Vorsichtig und stets auf die Spannung der Leine achtend schwamm Bond hinter dem wütend um sich schlagenden Fisch her. Dabei hielt er sich seitlich, um die Leine von den Schwanzhieben fernzuhalten. Aus dem Schwanz dieser Stachelrochen verfertigten einst die Sklaventreiber des Indischen Ozeans ihre Peitschen. Heute ist der Besitz solcher Peitschen auf den Seychellen bei Strafe verboten, aber innerhalb der Familien werden sie zur Züchtigung untreuer Frauen weitervererbt, und wenn bekannt wird, daß eine Frau *a eu la crapule,* wie der Rochen auf provenzalisch heißt, so bedeutet das, daß

diese Frau während der folgenden Woche nicht zu sehen sein wird.
Die Schwanzschläge des Rochens waren jetzt schwächer geworden, Bond schwamm ihm nun voran und zog ihn hinter sich her, der Küste zu. Im seichten Wasser wurde das Tier schlaff, so daß Bond es ohne Schwierigkeit ans Trockene und ein Stück den Strand hinaufziehen konnte. Dennoch hielt er sich in sicherer Entfernung. Er tat gut daran, denn plötzlich schnellte der Riesenrochen senkrecht in die Luft. Bond sprang zur Seite, der Rochen fiel auf den Rücken und lag nun mit dem weißen Bauch nach oben in der Sonne, aus seinem häßlichen Sichelmaul japsend und schnaubend.
Unschlüssig stand Bond da und blickte auf den Rochen. Was war jetzt zu tun?
Ein kleiner dicker, in Khaki gekleideter Europäer kam von den Palmen durch die umherliegenden Seetrauben und in der Sonne dörrenden Meerespflanzen auf Bond zu. Als er nahe genug heran war, rief er laut lachend: »Sieh mal an, ›Der alte Mann und das Meer‹! Wer hat da wen gefangen?«
Bond wandte sich nach ihm um. »Natürlich! Der einzige Mann auf der Insel, der *keine* Machete bei sich trägt! Fidéle, sei so nett und ruf einen deiner Leute her! Dieses Vieh da will nicht krepieren, und ich muß doch wieder zu meiner Harpune kommen!«
Fidéle Barbey, der jüngste jener ungezählten Barbeys, denen nahezu alles auf den Seychellen gehört, trat herzu und blickte auf den Rochen nieder. »Das ist ein guter! Zum Glück hast du ihn an der richtigen Stelle getroffen, sonst wär er mit dir übers Riff gegangen und du hättest deinem Gewehr nachsehen können! Diese Viecher sind verdammt zäh! Aber komm jetzt, ich soll dich zurück nach Victoria bringen, dort wartet etwas Angenehmes auf dich. Um das Gewehr kann sich einer von meinen Leuten kümmern. Legst du Wert auf den Rochenschwanz?«
Bond mußte lachen. »Keinen Bedarf – bin nicht verheiratet«, sagte er. »Aber wie wär's mit *raie au beurre noir* heute abend?«

»Heute abend nicht, mein Lieber! Jetzt komm schon! Wo hast du deine Kleider?«
Im Kombiwagen, auf der Fahrt über die Küstenstraße, sagte Fidéle: »Hast du jemals von einem Amerikaner namens Milton Krest gehört? — Nun, offenbar gehören ihm die Krest-Hotels und etwas, das Krest-Stiftung heißt. Und vor allem gehört ihm die verdammt feinste Jacht im ganzen Indischen Ozean! Gestern ist sie eingelaufen, heißt *Wavekrest*, hat an die zweihundert Tonnen und ist dreißig Meter lang. Alles inklusive, von der schönen Frau bis zum Transistorplattenspieler in Kardanaufhängung gegen hohen Seegang! Zolltiefe Spannteppiche, überall Klimaanlage, die einzigen trockenen Zigaretten diesseits von Afrika und den besten Champagner nach dem Frühstück seit meinem letzten Parisbesuch!« Fidéle Barbey lachte begeistert. »Mein Lieber, das ist dir vielleicht ein Schiffchen — und sollte Mr. Krest auch ein zehnfacher Halunke sein — wen braucht das schon zu kümmern?«
»Wen kümmert das überhaupt? Und was hat das mit dir zu tun — oder meinethalben mit *mir*?«
»Nur das eine, mein Lieber, daß wir ein paar Tage mit Mr. Krest auf seiner Jacht verbringen werden — und mit Mrs. Krest, der *schönen* Mrs. Krest! Ich habe ihm versprochen, das Schiff nach Chagrin zu bringen — nach jener Insel, von der ich dir erzählt habe. Sie liegt bei den Afrikabänken, und unsere Familie wußte mit ihr nie was Rechtes anzufangen, außer, daß es dort Tölpeleier gibt. Das Ganze liegt nur einen Meter überm Wasser. Ich war schon seit fünf Jahren nicht mehr dort, aber dieser Krest will unbedingt hin. Er sammelt Meeresfauna, das hat irgendwas mit seiner Stiftung zu tun, und es soll da so einen verdammten kleinen Fisch geben, der angeblich nur in Gewässern um Chagrin heimisch ist. Zumindest sagte mir Krest, das einzige Exemplar der Welt komme von dort.«
»Klingt ein bißchen komisch. Und was hab *ich* damit zu tun?«
»Nun, ich weiß doch, daß dir hier fad ist, und weil du erst in einer Woche abfährst, sagte ich ihm, du seist die hiesige Unterwasserkanone. Wenn der Fisch dort wäre, würdest du ihn

finden, und überhaupt würd' ich ohne dich nicht mitkommen. Mr. Krest war einverstanden. So steht die Sache. Und weil ich dich irgendwo hier an der Küste vermutet habe, bin ich herübergefahren. Als mir dann einer der Fischer erzählte, ein verrückter Weißer versuche bei Belle Anse Selbstmord zu begehen, wußte ich, das konntest nur du sein.«
Bond lachte. »Nicht zu glauben, wieviel Angst diese Insulaner vor der See haben! Man sollte doch meinen, sie hätten sich mit der Zeit daran gewöhnt. Kaum einer auf den Seychellen kann auch nur schwimmen!«
»Das ist die Schuld der katholischen Kirche. Sie will nicht, daß die Leute sich ausziehen. Blöd, aber so ist es. Und was die Angst betrifft, so darfst du nicht vergessen, daß du erst seit einem Monat hier bist. Ja, Haie, Barracudas – aber du hast noch keinen hungrigen getroffen! Und erst die Drachenköpfe! Hast du schon gesehen, wie das ist, wenn jemand auf einen Drachenkopf tritt? Der Körper krümmt sich vor Schmerz nach hinten wie ein Bogen, und manchmal treten buchstäblich die Augen aus ihren Höhlen. Und es ist fast immer tödlich.«
Mitleidlos sagte Bond: »Dann sollen sie eben Schuhe anziehen oder sich die Füße einbinden, bevor sie aufs Riff gehen. Im Indischen Ozean gibt's nun einmal solche Fische, und die Riesenmuscheln noch dazu. Es ist doch zu dumm, alle stöhnen hier über ihre Armut, und dabei wimmelt das Wasser von Fischen! An diesen Felsen gibt es fünfzig Arten Kaurimuscheln. Damit ließe sich doch eine Menge verdienen!«
Fidéle Barbey lachte laut heraus. »Macht Bond zum Gouverneur! Das werd' ich bei der nächsten Sitzung vorschlagen! *Der* Mann für den Posten – weitblickend, ideenreich, schwungvoll. Kauris! Fabelhaft. Saniert mit Kaurimuscheln erstmals seit der Patschulikonjunktur das Budget! ›Kauft Seemuscheln aus der Muschelsee!‹ – das wird ein Slogan! Ich will sehen, daß du den Posten kriegst – dann bist du im Handumdrehn *Sir James!*«
»Mehr Geld würd' es schon bringen, als mit Verlust Vanille anzubauen.« So stritten sie unbeschwert weiter, bis die Pal-

menhaine den riesenhaften Drachenbäumen an der Peripherie von Mahés zusammengewürfelter Hauptstadt wichen.
Fast einen Monat war es nun her, daß M Bond eröffnet hatte, er werde ihn auf die Seychellen schicken. »Die Admiralität hat Scherereien mit ihrem neuen Flottenstützpunkt auf den Malediven. Aus Ceylon werden Kommunisten eingeschleust. Streiks und Sabotage sind die Folge — die üblichen Sachen eben. Möglicherweise muß man das ganze Unternehmen abschreiben und sich auf die Seychellen zurückziehen. Das ist tausend Meilen weiter südlich, aber wesentlich sicherer. Man will keine neuen Enttäuschungen mehr erleben. Nun bezeichnet das Kolonialministerium die Seychellen zwar als absolut sicher, aber ich war trotzdem dafür, jemanden hinzuschicken, der sich ein eigenes Bild von der Sachlage machen soll. Denn als Makarios vor einigen Jahren dort interniert war, hatte es eine ganze Reihe von Unsicherheitsfaktoren gegeben — japanische Fischerboote kreuzten in der Nähe, es gab ein, zwei geflüchtete Verbrecher aus England, und dann eben die starke Bindung an Frankreich. Fahren Sie also hin und sehen Sie sich um.« M sah durchs Fenster in den wirbelnden Märzenschnee hinaus. »Und kriegen Sie keinen Sonnenstich!«
Bonds Bericht, der als einzige Gefahr auf den Seychellen die Schönheit und Bereitwilligkeit ihrer weiblichen Einwohner bezeichnete, war schon vor einer Woche fertig gewesen. Seither gab es für ihn nichts anderes mehr zu tun, als auf die *Kampala* zu warten, die ihn nach Mombasa bringen sollte. Alles hing ihm zum Hals heraus: die Hitze, die schlaffen Palmen, das klagende Geschrei der Seeschwalben und die endlosen Gespräche über Kopra. So war es kein Wunder, daß die bevorstehende Abwechslung ihn begeisterte.
Bond hatte seine letzte Woche im Haus der Barbeys verbracht. Nachdem sie dort ihre Koffer geholt hatten, fuhren sie hinaus zum Long Pier und stellten den Wagen im Zollschuppen ein. Die Jacht lag weißleuchtend eine halbe Meile weiter draußen. Sie nahmen eine Piroge mit Außenbordmotor und fuhren durch die spiegelglatte Bucht und den Riffdurchgang zu ihr hinaus.

Die *Wavekrest* war kein elegantes Schiff – Decksbreite und Aufbauten verdarben ihre Linie –, aber Bond erkannte auf den ersten Blick, daß hier Zweckmäßigkeit vor Schönheit ging und daß dieses Schiff für eine Weltreise und nicht nur für die Florida Keys gebaut war. Es schien verlassen, aber als das Boot längsseits kam, erschienen an der Leiter zwei elegante Matrosen in Weiß, um mit Bootshaken die schäbige Piroge von dem schimmernden Jachtanstrich fernzuhalten. Nachdem sie die beiden Koffer in Empfang genommen hatten, schob einer von ihnen eine Aluminiumtür auf und ließ die Ankömmlinge eintreten. Ein Luftzug wie aus einem Eiskeller schlug ihnen entgegen, als sie die paar Stufen zum Gesellschaftsraum hinunterstiegen.

Der Raum war leer. Nichts in ihm erinnerte an eine Schiffskabine, so reich und komfortabel war er ausgestattet. Die Fenster hinter den halbgeschlossenen Jalousien hatten Normalgröße, ebenso die tiefen Fauteuils um den niedrigen Tisch. Der Teppich war vom tiefsten hellblauen Velours, die Wände trugen silbrigschimmernde Holztäfelung, die Decke war in gebrochenem Weiß gehalten. Auf einem Schreibtisch befand sich neben den üblichen Schreibutensilien ein Telefon, und neben dem großen Plattenspieler stand eine Anrichte mit Drinks. Über der Anrichte hing ein offensichtlich echter Renoir – das Porträt eines dunkelhaarigen Mädchens in schwarzweißgestreifter Bluse. Eine große Schale voll blauer und weißer Hyazinthen und die Reihe sauber aufgelegter Illustrierten verstärkten noch den Eindruck, daß man sich an Land befände.

»Na, hab ich zuviel gesagt, James?«

Verneinend schüttelte Bond den Kopf. »So läßt sich's leben auf See«, sagte er anerkennend. »Man nimmt sie einfach nicht zur Kenntnis.« Tief sog er die Luft ein. »Endlich wieder frische Luft! Beinah weiß ich schon nicht mehr, wie das ist!«

»Frische Luft haben Sie draußen, mein Lieber. Die da ist aus der Dose.« Milton Krest war leise eingetreten und stand nun vor ihnen. Er wirkte zäh, robust und schien anfangs der Fünfzig zu sein. Die ausgebleichten Blue jeans, der Uniformschnitt seines Hemds und der breite Ledergurt verrieten, daß er es liebte, schneidig auszusehen. Die hellbraunen Augen in dem wetterharten Gesicht blickten schläfrig, ja arrogant, die Mundwinkel waren nach unten gezogen, was Humor oder Geringschätzung bedeuten konnte — wohl eher das zweite —, und seine Worte klangen so hingeworfen, wie man einem Kuli das Trinkgeld hinwirft.

Überhaupt empfand Bond diese Stimme als das merkwürdigste an dem Mann. Sie erinnerte ungemein an jene des verstorbenen Humphrey Bogart — dasselbe sanfte, sympathische Durch-die-Zähne-Lispeln. Bond musterte den Mann genau, vom kurzen, graumeliert-schütteren Haar seines Rundkopfs über die Adler- und Ankertätowierung des rechten Unterarms bis hinunter zur Lederhaut der nackten, in breitbeiniger Seemannsstellung auf den Teppich gesetzten Füße. Der fühlt sich wie von Hemingway erfunden, dachte er. Ein widerlicher Kerl!

Krest trat näher und bot ihm die Hand: »Bond? Sind das Sie? Freut mich, daß Sie an Bord sind, Sir.«

Bond begegnete dem erwarteten Handzerquetschen mit gestrafften Muskeln.

»Freitaucher oder Aqualunge?«

»Frei — und nicht sehr tief. Nur als Hobby.«

»Was treiben Sie sonst?«

»Bin im Staatsdienst.«

Krest lachte kurz und bellend auf. »›Staat‹ und ›Dienst‹! Ihr Engländer seid doch verdammt noch mal die besten Butler und Diener der Welt! Im Staatsdienst sagen Sie? Da werden wir gut miteinander auskommen! Staatsdiener hab ich besonders gern um mich!«

Das Aufklinken der Deckluke überhob Bond einer Antwort. Krest war einfach nicht mehr da beim Anblick dieses nackten, sonnenbraunen Mädchens, das jetzt die Treppe herabkam. Oder nein, sie war ja gar nicht nackt, der hellbraune, winzige Bikini sollte diesen Eindruck nur vortäuschen.

»Hallo, Schatz – wo hast du gesteckt? Ewig nicht gesehn! Da – das sind Mr. Barbey und Mr. Bond, die beiden Kerle, die mitkommen.« Krest wies auf das Mädchen. »Und das, ihr beiden, ist Mrs. Krest. Die fünfte – und damit niemand sich was einbildet, sie liebt Mr. Krest wirklich; nicht wahr, Schatz?«

»Aber Milt! Das weißt du doch!« Mrs. Krest lächelte ein nettes Lächeln. »Guten Tag, Mr. Barbey, und auch Sie, Mr. Bond! Fein, daß Sie mitkommen – wie wär's mit einem Drink?«

»Moment, Moment, Schatz! Vielleicht überläßt du das mir – schließlich ist es ja *mein* Schiff! Ja?« Krest sagte es ganz sanft und freundlich.

Seine Frau errötete. »Aber natürlich, Milt!«

»Na also. Es ist nur, daß man weiß, *wer* hier der Skipper ist!« Das mokante Lächeln galt allen dreien. »Na denn, Mr. Barbey! *Wie* war übrigens Ihr Vorname? Fidéle? Auch ein Name – ›der Treue‹!« spottete Krest. »Na also, Fido, was denken Sie: wollen wir beide auf die Brücke und den alten Kahn flottmachen, ja? Vielleicht lotsen Sie ihn ins freie Wasser, setzen den Kurs fest und übergeben dann an Fritz? Ich bin der Kapitän, er ist der Maat, und die zwei andern sind für Maschinenraum und Pantry. Alles Deutsche – verdammt die einzigen Seeleute, die's in Europa noch gibt! – Und jetzt Sie, Mr. Bond: Vorname James, wie? Möchten Sie Ihre öffentliche Dienstbarkeit nicht ein wenig an Mrs. Krest bewähren? Sie können übrigens Liz zu ihr sagen. Helfen Sie ihr, die Sofas herzurichten und alles andere für die Drinks vorm Lunch. Sie ist auch einmal ein Limey gewesen, da könnt ihr euch über Piccadilly Circus und all die Lokale, die ihr kennt, nach Herzenslust ausquatschen. Okay? Und jetzt vorwärts, Fido!« Betont jugendlich sprang er die Treppe hinauf. »Machen wir, daß wir da 'rauskommen!«

Sobald die Luke zu war, stieß Bond vernehmlich die Luft aus. Mrs. Krest entschuldigte sich für ihren Mann: »Bitte, nehmen Sie seine Späße nicht zu ernst! Es ist eben seine Art von Humor, außerdem ist er ein Widerspruchsgeist und versucht gern, andere zu ärgern. Das ist zwar nicht schön von ihm, aber er meint's nicht bös!«

Bond lächelte beruhigend. Wie oft mußte sie wohl ihre Gäste auf diese Weise beschwichtigen, nachdem Krest »seine Art von Humor« an ihnen erprobt hatte? Er sagte: »Wahrscheinlich muß man Ihren Mann erst näher kennenlernen. Ist er daheim in Amerika auch so?«

Ohne jede Bitterkeit sagte sie: »Nur mir gegenüber. Die Amerikaner mag er. Aber im Ausland gibt er sich immer so. Sein Vater war Deutscher, müssen Sie wissen, eigentlich Preuße. Von ihm hat er diese verrückte Ansicht, die Europäer seien alle dekadent und zu nichts mehr nütze. Diskutieren ist da sinnlos — er ist nun einmal so.«

Wieder einmal der alte Hunne, dachte Bond. Entweder er liegt am Boden, oder er tritt auf anderen herum. Laut fragte er: »Wie lange sind Sie schon verheiratet?«

»Seit zwei Jahren. Ich war Empfangsdame in einem seiner Hotels. Sie wissen ja, der Krest-Konzern gehört ihm. Mir kam es wie ein Märchen vor, als er mich damals heiratete. Manchmal glaub' ich noch heute, daß ich träume, daß das alles nicht wahr ist — dies hier zum Beispiel.« Sie wies auf den luxuriösen Raum. »Und er ist so gut zu mir, immer macht er mir Geschenke! In Amerika ist er ein bedeutender Mann, wissen Sie. Und es ist schön, überall wo man hinkommt, wie eine Fürstin behandelt zu werden.«

»Sicherlich. Und es schmeichelt ihm, nicht wahr?«

»O ja.« Ihr Lachen klang resignierend. »Er hat so seine Pascha-Allüren. Wenn nicht immer alles nach Wunsch geht, verliert er gleich die Geduld. Er sagt, wenn man sich hinaufgearbeitet hat, so hat man das Recht auf ein Luxusleben.« Mrs. Krest fand, daß sie allzu offen sprach und verbesserte sich: »Aber was red' ich da eigentlich? Das tönt ja, als wären wir schon jahrelang miteinander bekannt.« Sie lächelte beschämt. »Wahrscheinlich liegt es daran, daß Sie Engländer sind — aber jetzt muß ich mir wirklich was anziehen! Ich hab nämlich an Deck ein Sonnenbad genommen.«

Mittschiffs unter Deck sprangen die Maschinen an. »Da, wir fahren ab! Wollen Sie nicht vom Achterdeck die Ausfahrt erleben? In einer Minute bin ich bei Ihnen oben, ich möchte so viel von London hören! Hier entlang.« Sie ging voraus und schob die Tür auf. »Wenn Sie klug sind, sagen Sie, daß Sie hier schlafen wollen. Kissen gibt es genug, und die Kabinen sind nachts trotz der Klimaanlage etwas stickig.«

Bond bedankte sich, trat hinaus und schloß die Tür. Das Achterdeck war geräumig und mit Sisalbelag versehen. Um das Heck schloß sich im Halbkreis eine cremefarbene Polsterbank, Rohrstühle standen herum, und in der einen Ecke gab's eine Servierbar. War Krest ein Trinker? War es nur Einbildung, oder fürchtete Mrs. Krest sich vor ihm? Irgend etwas Gequältes, Sklavisches lag in ihrem Benehmen. Sie dürfte ihr »Märchen« ja auch teuer genug bezahlen müssen!

Bond blickte hinüber, wie die grünen Uferstreifen von Mahé langsam vorüberglitten. Das Schiff mochte etwa zehn Knoten Fahrt machen. Bald würden sie die Nordspitze hinter sich haben und in die offene See steuern. Das Auspuffgeräusch im Ohr, machte Bond sich müßige Gedanken über die schöne Mrs. Elizabeth Krest.

Sie sah aus wie ein Fotomodell – war es vielleicht sogar gewesen, ehe sie in der Hotelrezeption arbeitete. Keinesfalls war sie über dreißig, denn ihre Hübschheit – mehr war es nicht – schien noch nicht voll ausgereift. Das Schönste an ihr war das schwere, aschblonde Haar, aber sie machte nicht viel davon her, warf es nicht herum, spielte auch nicht in einem fort damit, wie sie ja auch sonst keinerlei Koketterie an den Tag legte. Ruhig und lammfromm stand sie vor ihrem Mann und blickte aus großen, klarblauen Augen zu ihm auf. Weder Lippenstift noch Nagellack, keine nachgezogenen Brauen. War das vielleicht Krests ausdrücklicher Wunsch? Wollte er ein deutsches Naturkind? Möglich. Bond zuckte die Achseln.

Auf jeden Fall waren sie ein kurioses Paar – er der Hemingway mittleren Alters mit Bogartstimme, sie das hübsche, ungekünstelte Mädchen. Dabei war Spannung zwischen ihnen!

Bond dachte daran, wie sie sich geduckt hatte, als ihr Mann sie in seiner forcierten Männlichkeit wegen der Drinks abkanzelte. Aber vielleicht war der Kerl impotent? Vielleicht war all dieses taktlos-forsche Getue nichts anderes als eine Ersatzhandlung? Nun, leicht würde es nicht sein, so etwas vier oder fünf Tage lang mitansehen zu müssen!

Während die schöne Inselsilhouette steuerbords hinwegglitt, schwor Bond, sich nicht aus der Ruhe bringen zu lassen. Wie nannten das die Yankees gleich? »Seine Därme fressen!« Es würde eine Art seelischer Übung für ihn sein: fünf Tage lang »seine Därme zu fressen« und sich von diesem Scheißkerl die Fahrt nicht verderben zu lassen!

»Na, mein Lieber, immer hübsch bequem?« Vom Bootsdeck sah Krest aufs Achterdeck herunter. »Was haben Sie bei meiner Frau getrieben? Ihr bei der Arbeit zugesehen, was? Warum auch nicht, dazu sind Sie ja hier, was? Wollen Sie sich das Schiff ansehen? Fido ist jetzt am Steuer, da hab ich nichts zu tun.« Ohne die Antwort abzuwarten, bückte sich Krest und sprang herunter aufs Achterdeck.

»Mrs. Krest zieht sich um«, sagte Bond. »Das Schiff würd' ich mir ganz gern ansehen.«

Krest fixierte Bond auf seine harte, abschätzende Art. »Na schön. Zunächst die Daten: Gebaut auf der Bronsonwerft, deren Hauptaktionär ich zufällig bin. So bekam ich genau, was ich wollte. Entworfen von Rosenblatts, den besten Marinearchitekten. Länge dreißig Meter, Breite sechseinhalb, Tiefgang zwei Meter. Zwei Superior-Diesel zu je 500 PS, Höchstgeschwindigkeit vierzehn Knoten, Reichweite bei acht Knoten zweieinhalbtausend Meilen. Durchgehende Klimaanlage, die Carrier Corporation hat dafür zwei spezielle Fünf-Tonnen-Aggregate entwickelt. Getränke und Tiefkühlproviant für einen Monat. Frischwasser brauchen wir nur für die Bade- und Duschanlagen. Wir gehen jetzt nach vorn zu den Mannschaftsquartieren, dann erst nach achtern. Und noch eines, Jim!« Krest stampfte auf dem Deck auf. »*Dies* ist der Boden, auf dem wir stehen! Hier befehle *ich*! Und wenn ich will, daß jemand mit etwas aufhört, das mir nicht paßt, so sag ich bloß ›Schluß jetzt!‹ – und er hört auf. Haben Sie das mitgekriegt, Jim?«

Bond blieb liebenswürdig. »Ich habe nichts dagegen. Sie ist *Ihr* Schiff.«

»*Es* ist mein Schiff!« korrigierte Krest. »Das ist *auch* so ein verdammter Blödsinn, aus einem Holz- und Schrotthaufen immer gleich ein Weib zu machen! Trotzdem, gehen wir jetzt. Ihrem Kopf passiert schon nichts, die lichte Höhe ist überall zwei Meter.«

Bond folgte Krest durch den schmalen Gang, der das ganze Schiff durchlief, und äußerte eine halbe Stunde lang die passenden Kommentare zu der gewiß schönsten und luxuriösesten Jacht, die er je gesehen hatte. Bis ins kleinste war hier besondere Bequemlichkeit die Richtschnur gewesen. Sogar das Bad und die Duschen für die Mannschaft hatten Normalmaß, und die Kombüse aus rostfreiem Stahl – »Küche« nannte sie Krest – war so groß wie dessen Wohnkabine. Er öffnete diese, ohne anzuklopfen. Liz Krest saß am Toilettentisch. »Du hier, Schatz?« fragte er mit seiner leisen Stimme. »Ich dachte, du seist schon draußen und richtest die Drinks? Brauchst ein bißchen lange zum Anziehen! Machst dich für Jim wohl besonders elegant, was?«

»Bitte entschuldige, Milt! Ich war schon im Gehen, da hat ein Reißverschluß geklemmt.« Die junge Frau raffte ihr Schminktäschchen auf, eilte zur Tür und schritt, den beiden Männern nervös zulächelnd, hinaus.

»Vermontbirkentäfelung, Kristallampen, mexikanische Knüpfteppiche. Das Seestück dort an der Wand ist übrigens ein echter Montague Dawson ...« Krest zählte weiter auf, aber Bonds Aufmerksamkeit wurde von etwas anderem gefesselt: fast davon verdeckt, hing neben dem Nachttisch auf Krests Seite des geräumigen Doppelbetts eine dünne, meterlange Peitsche mit geflochtenem Ledergriff. Es war der Schwanz eines Stachelrochens.

Wie zufällig trat Bond hinzu und nahm die Peitsche auf. Den

stacheligen Knorpel entlangstreichend – schon diese leichte Berührung schmerzte – sagte er: »Wo haben Sie denn *das* her? Erst heute früh hab ich eins von diesen Biestern erlegt.«
»Bahrain. Die Araber dort hauen damit ihre Weiber.« Krest schien belustigt. »Bisher hat bei Liz stets ein einziger Hieb genügt. Großartige Wirkung! Wir nennen es nur ›meinen Korrektor‹.«
Bond hängte das Ding wieder an die Wand. Er blickte Krest scharf an und sagte: »Auf den Seychellen – und die Kreolen dort sind üble Kunden – ist sogar der Besitz solcher Peitschen verboten, vom Gebrauch erst gar nicht zu reden!«
Krest ging zur Tür und sagte ungerührt: »Dieses Schiff ist US-Territorium. Holen wir uns jetzt was zu trinken!«
Krest trank vor dem Essen drei doppelte *bullshots* – das ist Wodka in geeistem Konsommee – und zum Essen Bier. Seine hellen Augen wurden wohl etwas dunkler und begannen zu glänzen, aber die lispelnde Stimme blieb nach wie vor ausdruckslos. Er bestritt die Unterhaltung ganz allein, indem er den Zweck dieser Fahrt erläuterte.
»Seht mal, Burschen«, sagte er, »die Sache ist die: in den Staaten haben wir dieses Stiftungssystem für die Reichen. Will man sein Geld nicht Onkel Sam in den Rachen werfen, so gründet man eine Stiftung – wie diese Krest-Stiftung – zu wohltätigen Zwecken. Damit ist es steuerfrei. Darum hab ich so zirka zehn Millionen Dollar in die Krest-Stiftung gesteckt, und da ich gern mit einer Jacht herumfahre und mir die Welt anschaue, hab ich mir für zwei von diesen zehn Millionen diese Jacht gebaut und dem Smithsonian-Institut – das ist unser großes naturwissenschaftliches Institut – gesagt, ich wolle in der ganzen Welt seltene Exemplare für sie sammeln. Auf diese Weise bin ich eine wissenschaftliche Expedition, versteht ihr? So hab ich jedes Jahr drei Monate lang die herrlichsten Ferien, die mich überdies keinen roten Heller kosten!« Beifallheischend blickte Krest in die Runde. »Klar?«
Zweifelnd warf Fidéle Barbey ein: »Das klingt zwar bestechend, Mr. Krest, aber sind diese seltenen Exemplare denn so

leicht zu finden? Soviel ich weiß, möchte das Smithsonian einen Riesenpanda und eine Seemuschel! Werden Sie erfolgreich sein, wo das Institut versagt hat?«

Krest schüttelte mitleidig den Kopf. Besorgt sagte er: »Mein Lieber, ich glaube gar, Sie sind von gestern! Mit Geld geht *alles*. Einen Panda? Bitte schön, kauft man ihn eben von irgend so einem verdammten Zoo, der die Zentralheizung für sein Terrarium nicht erschwingen kann, der ein neues Tigergehege braucht oder dergleichen! Die Seemuschel? Man sucht nicht sie, sondern einen Mann, der sie schon hat! Dem bietet man so viel von dem Scheißgeld, daß er sie verkauft, auch wenn er ihr dann wochenlang nachflennt. Jaa — manchmal gibt's natürlich kleine Scherereien mit den Regierungen, wenn irgend so ein Drecksvieh unter Naturschutz steht. Na schön, ich geb Ihnen ein Beispiel: Gestern komm ich hierher zu euch, weil ich einen schwarzen Papagei von der Insel Praslin möchte, eine Riesenschildkröte aus Aldabra und die ganze Serie eurer Kauris. Ja, und natürlich auch noch diesen Fisch! Papagei und Schildkröte stehen unter Naturschutz. Na, ich sprech' noch am selben Abend bei eurem Gouverneur vor, nachdem ich mich vorher in der Stadt informiert habe. Ex'lenz, sag ich, wie ich höre, möchten Sie ein Schwimmbad bauen, damit die hiesigen Kinder schwimmen lernen können. Okay, mach ich, die Krest-Stiftung stellt das Geld zur Verfügung! Wieviel soll's denn sein, fünftausend, zehntausend? Okay, also zehntausend, hier ist der Scheck. Und ich schreib' ihn vor seinen Augen aus. Ja — noch eine Kleinigkeit, Ex'lenz, sag ich, bevor ich den Scheck aus der Hand gebe. Ich hätte da gern so ein Exemplar dieses schwarzen Papageis, der hier vorkommt, und auch eine von diesen Aldabra-Schildkröten! Stimmt es, daß die unter Naturschutz stehen? Nun, würd' es Ihnen was ausmachen, falls ich je ein Exemplar davon für das Smithsonian nach Amerika mitnähme? Na, nach dem gewissen Hin und Her, und da er sieht, daß es doch für das Smithsonian sein soll — und ich außerdem den Scheck nicht aus der Hand lasse —, schütteln wir uns diese, das Geschäft ist gemacht,

und alle sind zufrieden. – Weiter: auf dem Rückweg halt' ich mich noch etwas in der Stadt auf und regle das Nötige mit Ihrem netten Händler, diesem Mr. Abendana, damit er für mich den Papagei und die Schildkröte besorgt und inzwischen verwahrt. Dabei bring ich die Rede von ungefähr auf Kauris. Zufällig hat nun dieser Mr. Abendana diese Drecksdinger von Kind auf gesammelt und zeigt sie mir. Großartig, sag ich, und wie das alles gepflegt ist, Stück für Stück in Watte! Und da sind ja auch mehrere von diesen Isabelle und Mappa, auf die ich ganz besonders achten soll! Nein, sagt er mir, leider, er kann das nicht verkaufen, er hängt so sehr daran und all diesen Schmus eben. Gilt nicht! Ich seh mir diesen Mr. Abendana an und sagte nur: Wieviel? Nein, nein. Nicht daran zu denken! Gilt wieder nicht! Ich zücke mein Scheckbuch, schreib' einen Scheck über fünftausend Dollar aus und halt' ihm das Papierchen unter die Nase. Er sieht fünftausend Dollar, und das ist zuviel für ihn. Er nimmt den Scheck, faltet ihn zusammen, steckt ihn in die Tasche – und was glauben Sie, tut er *dann*? Bricht dieser verdammte Waschlappen nicht in Tränen aus!« Krest hob in gespielter Verständnislosigkeit die Hände. »Und das alles wegen der paar verdammten Muscheln! Na, ich sag ihm also, er soll sich wieder beruhigen, packe meine Muscheltabletts zusammen, und nichts wie 'raus aus der Bude, bevor der Idiot sich noch aus Reue was antut!«
Sichtlich zufrieden mit sich selbst lehnte Krest sich zurück. »Na, was sagt ihr jetzt, ihr Burschen? Vierundzwanzig Stunden auf der Insel, und schon ist meine Liste zu drei Vierteln abgehakt! Gar nicht so schlecht, Jim, was?«
Bond sagte: »Wahrscheinlich kriegen Sie einen Orden, wenn Sie heimkommen. Aber wie ist das nun mit diesem Fisch?«
Krest erhob sich und wühlte in einer Schreibtischlade. Mit einem maschinegeschriebenen Blatt kam er zurück. »Hier steht's«, sagte er und las vor: »Hildebrand-Rarität. Gefangen von Prof. Hildebrand, Universität Witwatersrand, im April 1925 mit einem Netz vor der Insel Chagrin in der Seychellengruppe.« Krest blickte auf. »Jetzt kommt eine Menge solchen

wissenschaftlichen Gekritzels. Ich hab das in einfaches Englisch übersetzen lassen, das klingt dann so« – er wendete das Blatt –: »Ein offenbar einzigartiges Mitglied der Stachelfischfamilie. Das eine bekanntgewordene Exemplar heißt nach seinem Entdecker ›Hildebrand-Rarität‹ und ist fünfzehn Zentimeter lang. Die Farbe ist hellrosa mit schwarzen Querstreifen, die Schwanzflosse schwarz, die Augen sind groß und dunkelblau, After-, Bauch- und Rückenflossen schwarz. Der Fisch muß vorsichtig angefaßt werden, da seine Flossen mit schärferen Dornen bewehrt sind, als das bei den anderen Fischen dieser Familie der Fall ist. Professor Hildebrand berichtet, daß er das Exemplar in einem Meter Tiefe am Rand des südwestlichen Riffs gefunden habe.« Krest ließ das Blatt auf den Tisch fallen. »Also, das wär's. Wir fahren jetzt tausend Meilen weit, was mehrere tausend Dollar kostet, nur um einen verdammten, fünfzehn Zentimeter langen Fisch zu suchen. Und da wagen die von der Einkommensteuer zu behaupten, meine Stiftung sei ein Schwindel!«

Liz Krest mischte sich eifrig ein: »Eben, eben, Milt! Drum ist es diesmal wichtig, möglichst viele Exemplare und sonstige Dinge mit heimzubringen. Haben sie dir nicht gedroht, die Jacht und die Spesen der letzten fünf Jahre nicht anzuerkennen, falls wir keine wissenschaftlichen Sonderresultate erzielen?«

»Schatz« – Krests Stimme war samtweich –, »wie wär's, wenn du deine Klappe hieltest und meine persönlichen Angelegenheiten *mir* überließest?« Und freundlich fügte er hinzu: »Du weißt ja, was du soeben getan hast, Schatz? Du hast dir ein kleines Abendrendezvous mit dem ›Korrektor‹ eingehandelt, nichts anderes.«

Die Hand der jungen Frau flog an den Mund, ihre Augen waren weit geöffnet. »O nein, Milt. O nein, bitte«, flüsterte sie.

Am zweiten Tag der Reise, bei Morgengrauen, tauchte die Chagrin-Insel auf. Zuerst erschien sie als kleiner Buckel auf dem Radarhorizont, später als winziger Fleck am wirklichen.

Sehr langsam wurde dann aus dem fernen Fleck eine halbe Meile weißgeränderten Grüns. Es war seltsam, nach zwei Tagen einer Stille, in der die Jacht das einzig bewegliche, einzig lebende Ding gewesen war, an Land zu kommen.

Bond, der nie zuvor die Kalmen erlebt oder sie sich auch nur vorgestellt hatte, erkannte nun, welch schreckliche Gefahr sie einst für die Segelschiffahrt bedeutet haben mußten — eine gläserne See unter glühender Sonne, die üble, schwere Luft mit den Wölkchen am Rande der Welt, die niemals näher kamen, niemals Wind oder segenspendenden Regen brachten ...

Am Bug stehend, sah Bond zu, wie die fliegenden Fische unterm Schiffsrumpf hervorspritzten, während das Schwarzblau der See sich langsam zum Braun und Weiß und Grün seichteren Wassers wandelte. Endlich würde er wieder richtig ausschreiten, würde er wieder schwimmen können, anstatt immer nur herumzusitzen oder zu liegen. Endlich wieder ein paar Stunden allein sein — allein, ohne Mr. Milton Krest!

Sie warfen außerhalb des Riffs bei zehn Faden Tiefe Anker, und Fidéle Barbey brachte sie mit dem Motorboot durch die Einfahrt. Chagrin unterschied sich in nichts von den anderen Koralleninseln: etwa acht Hektar Sand und tote Korallen mit niedrigem Buschwerk, dann fünfzig Meter seichter Lagune innerhalb einer Kette aus Riffen, an denen die ruhige, lange Dünung sich mit sanftem Brausen brach. Als sie an Land gingen, erhoben sich ganze Wolken von Vögeln — Seeschwalben, Tölpel, Fregattvögel —, setzten sich aber bald wieder. Der Guano — sogar das Buschwerk war weiß davon — stank nach Ammoniak. Sonst gab es nur noch Landkrabben, die zwischen dem Geschlinge der *liane sans fin* herumscharrten und -hasteten, sowie die im Sande lebenden Winkerkrabben.

Der grelle weiße Sand blendete, und es gab keinen Schatten. Krest gab Befehl, ein Zelt aufzuschlagen, setzte sich hinein und rauchte, während allerlei Gerätschaften an Land gebracht wurden, eine Zigarre. Mrs. Krest vertrieb sich die Zeit mit Schwimmen und Muschelsammeln. Bond und Fidéle Barbey aber legten ihre Tauchermasken an und begannen in entgegengesetzten Richtungen mit dem systematischen Absuchen des Riffs.

Wer unter Wasser nach etwas Bestimmtem sucht – ob das nun Muscheln, Fische, Seegras oder Korallenformen sind –, muß Gedanken und Blick nur auf diese besondere Form konzentrieren, sonst wird er durch die Vielfalt von Farben und Bewegung, von Licht und von Schatten unweigerlich abgelenkt. So schwamm Bond langsam durch dieses Wunderland voran, nichts anderes im Sinn als das Bild dieses fünfzehn Zentimeter langen rosa Fisches mit den schwarzen Streifen und großen Augen. »Sobald Sie ihn sehen«, hatte Krest ihm eingeschärft, »dann rufen Sie einfach und bleiben bei ihm. Alles andere besorge *ich*. Ich hab da was im Zelt, das ist das Großartigste, was Sie je zum Fangen eines Fisches gesehen haben.«

Bond pausierte ein wenig, um seine Augen auszuruhen. Das Wasser war hier so tragfähig, daß er mit dem Gesicht nach unten bewegungslos darauf liegenbleiben konnte. Spielerisch brach er mit der Harpunenspitze ein See-Ei los und beobachtete dann, wie die Horde glitzernder Riffbewohner von überallher auf die gelblichen Fleischfetzen zuschoß. Zu dumm, daß nur dieser Krest davon profitieren sollte, falls er, Bond, diese Rarität wirklich aufspürte! Sollte er es verschweigen, wenn er den Fisch zu Gesicht bekam? Das war kindisch, und außerdem befand er sich gewissermaßen unter Kontrakt!

Langsam schwamm Bond weiter, selbsttätig nahm sein Blick die Suche wieder auf. Aber seine Gedanken waren bei dem Mädchen. Den vorigen Tag hatte sie im Bett zugebracht – Kopfschmerzen, hatte Krest gesagt. Ob sie sich eines Tages wohl gegen ihn wenden würde? Mit einem Messer oder einem Revolver, sobald er wieder einmal nach dieser verdammten Peitsche griff? Nein, dazu war sie zu weich, zu gefügig. Krest hatte nur zu gut gewußt, wen er da heiratete! Diese Frau war zum Sklaven geboren und schätzte überdies ihr »Märchen« viel zu sehr! Wußte sie nicht, daß jede Jury sie freisprechen würde, sobald diese Peitsche vor Gericht auftauchte? Sie konnte ihr »Märchen« auch *ohne* diesen scheußlichen Kerl haben!

Hätte Bond ihr das sagen sollen? Wie denn? »Oh, Liz, was ich sagen wollte – falls Sie Ihren Mann umzubringen wünschen, das ließe sich machen ...« Lachhaft! Zum Teufel damit! Misch dich nicht in das Leben anderer ein! Wahrscheinlich gefällt's dieser Masochistin so. Aber auch das war eine zu einfache Antwort. Diese Frau lebte ständig in Angst, vielleicht auch in Haß. Aber was konnte man in diesen sanften blauen Augen schon lesen! Bond schlug sich die Krests aus dem Sinn und blickte übers Wasser, um zu sehen, wie weit er schon war. Fidéle Barbeys Schnorchel war nur mehr hundert Meter entfernt, sie hatten den Kreis nahezu geschlossen.

Zu zweit schwammen sie zurück und legten sich in den heißen Sand. Fidéle Barbey sagte: »Alle Fische der Welt auf meiner Seite, bis auf diesen einen! Trotzdem hab ich Glück gehabt! Bin auf eine ganze Kolonie dieser fußballgroßen Perlmuttermuscheln gestoßen. Menge Geld wert. Dieser Tage schick' ich eins meiner Boote danach. Auch einen blauen Papageifisch hab ich gesehn, muß gute fünfzehn Kilo wiegen. Zahm wie ein Hund, wie alle Fische hier herum. Hatte aber nicht das Herz, ihn zu töten, 's hätt' vielleicht Schwierigkeiten gegeben, denn draußen vorm Riff kreuzten drei Leopardenhaie, und das Blut hätte sie angelockt. Jetzt möcht ich was trinken und was zu essen, dann wechseln wir die Seiten und sehen noch mal nach.«

Sie standen auf und gingen den Strand entlang zum Zelt. Krest hörte ihre Stimmen und kam heraus. »Pech gehabt, was?« Er kratzte sich ärgerlich unter der Achsel. »Verdammte Sandfliege hat mich da gebissen! Das ist ja auch der letzte Dreck von gottverlassener Insel! Liz konnte den Gestank nicht mehr ertragen und ist aufs Schiff zurück. Ich schlage vor, einmal probieren wir's noch, und dann nichts wie ab von hier! Nehmen Sie sich was zu essen, kaltes Bier ist im Eispaket. Da, geben Sie mir eine von den Masken – wie benützt

man das Dreckszeug? Wenn ich schon einmal da bin, seh ich selbst mal nach, wie's da auf dem Meeresgrund aussieht!«
Sie hockten sich in das heiße Zelt, aßen Hühnersalat, tranken kaltes Bier dazu und sahen verärgert, wie Krest im Seichten herumstocherte. Fidéle Barbey sagte: »Er hat ja nicht unrecht! Diese kleinen Inseln sind samt und sonders gräßlich! Nichts als Krabben und Vogelmist, und viel zu viel Meer rundherum! Von so was zu träumen, das kann nur einem armen, erfrorenen Europäer einfallen! Aber östlich von Suez gibt dir kein Mensch auch nur einen Pfifferling dafür. Meine Familie besitzt ein rundes Dutzend davon – auch ziemlich große darunter, mit Dörfern drauf und gutem Ertrag an Kopra und Schildkröten. Aber für eine einzige Londoner oder Pariser Wohnung schenk ich dir den ganzen Dreck!«
Bond lachte. »Setz eine Anzeige in die *Times*, und du kriegst haufenweise . . .« Er unterbrach sich, da Krest am Strand unten wild zu gestikulieren begonnen hatte. »Entweder hat der Kerl ihn gefunden, oder er ist auf einen Sandhai getreten«, sagte er, nahm seine Maske und rannte zum Wasser hinunter.
Krest stand bis zum Gürtel zwischen den seichten Anfängen des Riffs und zeigte aufgeregt auf die Wasserfläche. Vorsichtig schwamm Bond zu der angegebenen Stelle. Der Seegrasteppich endete zwischen Korallentrümmern und irgendwelchen Binsenbüscheln. Ein rundes Dutzend verschiedener Riff-Fische spielte zwischen den Felsen, und eine kleine Languste streckte Bond ihre Fühler entgegen. Der Kopf einer großen grünen Muräne ragte aus einem Loch, das halboffene Maul zeigte Reihen von Nadelzähnen. Ihre goldenen Augen beobachteten Bond aufmerksam. Belustigt stellte er fest, daß Krests haarige Beine, durch das Maskenfenster zu bleichen Baumstümpfen vergrößert, nur dreißig Zentimeter vor dem Maul der Muräne standen. Aufmunternd stieß er sie mit dem Speer an, jedoch sie schnappte nur nach dem Metall und glitt rückwärts außer Sicht.
Bond ließ sich nun treiben und suchte die glitzernde Wirrnis ab. Jetzt tauchte ein roter Fleck aus dem Nebel und kam auf

ihn zu – der Fisch! Unterhalb von Bond fing er zu kreisen an, als wollte er sich zur Schau stellen. Furchtlos blickten die dunkelblauen Augen herauf, während er eher zaghaft an ein paar Algen herumzupfte. Plötzlich schoß er auf einen Fleck zu, der irgendwie im Wasser hing, und verschwand dann träge, als verließe er eine Schaubühne, im Nebel der entfernteren Wasserschwaden.
Bond zog sich von dem Muränenversteck zurück, stand auf, nahm die Maske ab und sagte zu Krest, der ihm hinter seiner Schutzbrille ungeduldig entgegenstarrte: »Ja, er ist's. Gehen Sie jetzt lieber weg von hier, wir dürfen ihn nicht erschrecken. Normalerweise bleiben diese Felsenfische auf ihren Weidegründen.«
Krest nahm die Maske ab. »Verdammt noch mal, ich hab ihn gefunden!« sagte er ehrfürchtig. »Ich hab ihn tatsächlich gefunden!« Langsam folgte er Bond ans Ufer.
Fidéle Barbey erwartete sie. Krest rief ihm entgegen: »Fido, ich hab den verdammten Fisch gefunden! *Ich* – Milton Krest! Was sagen Sie jetzt? Nachdem ihr zwei verdammten Experten den ganzen Vormittag dahinterher wart! Ich hab einfach Ihre Maske genommen – übrigens das erstemal im Leben, daß ich so was übers Gesicht ziehe –, bin hingegangen und hab ihn innerhalb einer knappen Viertelstunde gefunden! Was sagen Sie dazu, Fido?«
»Bravo, Mr. Krest, ausgezeichnet. Aber wie kriegen wir ihn?«
»Aha«, sagte Krest und blinzelte. »Aber dafür hab ich vorgesorgt – genau das Richtige! Hab's von einem befreundeten Chemiker, Rotenon heißt das Zeug. Wird aus der Derriswurzel gewonnen, die brasilianischen Indios fischen damit. Man schüttet's einfach ins Wasser, es verteilt sich über das, was man haben will, und dann kriegt man es so sicher wie zweimal zwei vier ist. Eine Art Gift, das die Blutgefäße in den Kiemen verengt und so den Erstickungstód herbeiführt. Für Menschen vollkommen harmlos, wir haben ja keine Kiemen, nicht?«
Krest wandte sich an Bond. »Also, Jim! Sie gehen jetzt und passen auf, daß der verdammte Fisch nicht abhaut. Fido und

ich bringen inzwischen das Zeug dort hinaus« – er wies gegen die Strömung –, »und sobald Sie mir's sagen, laß ich das Rotenon da oben los. Es treibt dann auf Sie zu, ja? Daß Sie mir die Zeit aber richtig berechnen – ich hab nur eine Zwanzigliterkanne von dem Zeug! Okay?«
Bond stimmte zu, ging langsam ins Wasser und schwamm ebenso langsam an seinen früheren Ort. Ja, es war noch alles da: der spitze Muränenkopf sah wieder aus dem Felsenloch, die Languste tastete ihm entgegen wie vorher, und eine Minute später, als wäre sie mit Bond verabredet, erschien auch die Hildebrand-Rarität wieder. Diesmal schwamm der Fisch ganz nahe an Bonds Gesicht heran, blickte ihm durch das Glas in die Augen – und schoß davon. Eine Zeitlang spielte er in einiger Entfernung zwischen den Felsen, dann verlor er sich wieder im Nebel.
Nach und nach begann die kleine Unterwasserwelt sich an Bonds Anblick zu gewöhnen. Ein kleiner Tintenfisch, der sich als Korallenstück getarnt hatte, regte sich wieder und tastete sich vorsichtig auf den Sand hinunter. Die blaugelbe Languste rückte ein paar Schritte unter ihrem Stein hervor. Ein paar winzige Fische knabberten kitzelnd an Bonds Beinen und Zehen herum. Er brach ein See-Ei für sie auseinander, und sie stürzten sich auf diese bessere Mahlzeit. Bond hob den Kopf übers Wasser. Rechts von ihm, zwanzig Meter weit weg, stand Krest schon mit der flachen Kanne bereit. Auf Bonds Zeichen hin würde er die Flüssigkeit in weitem Bogen über die Wasserfläche ausgießen.
»Okay?« rief Krest.
Bond schüttelte den Kopf. »Wenn er wieder da ist, heb' ich den Daumen. Dann müssen Sie schnell sein!«
»Okay, Jim. Sie sind am Zielgerät!«
Bond tauchte den Kopf wieder ins Wasser. Da war die kleine Gemeinschaft – jeder mit seinen Angelegenheiten beschäftigt. Aber um eines einzigen Fisches willen, den ein fünftausend Meilen entferntes Museum haben wollte, würden bald Hunderte, vielleicht Tausende dieser kleinen Wesen sterben

müssen. Auf Bonds Signal würde der Todesschatten sich mit der Strömung auf sie herabsenken. Wie lange würde das Gift wirksam bleiben? Wie weit längs des Riffs hinunterschwimmen? Vielleicht würden nicht Tausende, sondern Zehntausende sterben müssen!

Ein kleiner Rüsselfisch erschien, seine winzigen Flossen schwirrten wie Propeller. Ein Steinschmückel, herrlich rot, golden und schwarz, saß auf dem Sand auf, und ein Paar der unvermeidlichen, gelb-schwarz gestreiften Korallenfische tauchte aus dem Nichts, angezogen von dem Geruch des zerbrochenen See-Eies.

Zwei braune Beine kamen in Bonds Gesichtsfeld. Er blickte auf. Es war Fidéle Barbey, mit einem großen Fangkorb und einem langstieligen Fangnetz bewaffnet.

Bond schob die Maske hinauf. »Ich komm' mir vor wie der Bombenschütze über Nagasaki«, sagte er.

»Fische sind Kaltblüter, sie spüren nichts.«

»Woher weißt du das? Ich hab sie schon schreien hören, wenn sie verletzt wurden.«

Gleichmütig sagte Barbey: »Bei dem Zeug können sie nicht mehr schreien, es erstickt sie. Was hast du denn auf einmal? Sind ja nur Fische!«

»Ich weiß, ich weiß.« Fidéle Barbey hatte sein Leben lang Tiere und Fische getötet. Bond hingegen hatte manchmal nicht gezögert, wenn es einen Menschen zu töten galt. Weshalb war er hier so empfindlich? Er hatte ja auch den Stachelrochen erlegt? Kunststück – das war ein feindlicher Fisch gewesen! Aber das da unten? Diese freundlichen Leute? – Leute! Jetzt wurde er auch noch pathetisch!

»He!« Es war Krests Stimme. »Was ist los da drüben! Jetzt ist keine Zeit, um lange Reden zu schwingen – 'runter mit dem Kopf, Jim!«

Bond zog die Maske übers Gesicht und legte sich wieder auf die Lauer. Fast sofort sah er den schönen roten Schimmer aus dem Nebel hervorkommen. Der Fisch schwamm so schnell auf Bond zu, als habe er sich an ihn gewöhnt. Jetzt stand er unter ihm und sah zu ihm hinauf. Bond sagte in die Maske: »Hau doch ab von hier, verdammt noch mal!« Er schlug mit der Harpune nach dem Fisch, und der Fisch floh zurück in den Nebel.

Jetzt erst hob Bond den Kopf und streckte den Daumen hoch, wobei er sich fast schon wieder dieses lächerlichen, kleinen Sabotageakts schämte. Die dunkelbraun-ölige Flüssigkeit ergoß sich über den Wasserspiegel der Lagune. Noch war es Zeit, Krest daran zu hindern, auch den Rest auszugießen – noch konnte Bond ihm eine weitere Chance lassen! Aber er blieb stehen und sah zu, bis auch der letzte Tropfen im Wasser war. Hol der Teufel diesen Milton Krest!

Langsam trieb das Zeug jetzt mit der Strömung heran – als glänzender, sich ausweitender Fleck, der das Blau des Himmels mit fast metallischem Glanz reflektierte. Und inmitten dieses größer werdenden Fleckes watete – ein riesenhafter Schnitter – Krest heran. »Macht euch fertig, Burschen«, rief er munter. »Jetzt ist es auf eurer Höhe!«

Bond steckte den Kopf wieder unters Wasser. Noch war in der kleinen Gemeinschaft alles beim alten. Aber dann, mit erstaunlicher Plötzlichkeit, wurden alle verrückt! Es war, als hätte sie alle der Veitstanz befallen! Einige Fische drehten ein Looping nach dem andern und fielen dann wie schwere Blätter auf den Sand. Der Muränenaal schob sich mit aufgerissenem Maul langsam aus seinem Korallenloch, stellte sich senkrecht auf die Schwanzflosse und fiel dann langsam zur Seite. Die kleine Languste machte drei Schwanzschläge und rollte auf den Rücken, der Tintenfisch ließ die Korallen los und trieb umgekehrt auf dem Grund.

Und jetzt trieben auch die Leichen von stromaufwärts heran – weißbäuchige Fische, Garnelen, Würmer, Einsiedlerkrebse, gefleckte und grüne Muränen, Langusten jeder Größe! Getragen von der leichten Todesbrise, schwebten die schwerfälligen Körper vorbei, während ihre Farben schon verblaßten. Mit schnappendem Schnabel gegen den Tod kämpfend, wirbelte ein fünfpfündiger Knochenhecht vorüber, und weiter unten am Riff spritzte das Wasser vom Todeskampf der größeren Fische. Jetzt fielen vor Bonds Augen auch die Seeigel einer um den anderen von den Felsen ab und bildeten dunkle, tintige Flecke auf dem hellen Sandgrund.

Jemand berührte Bonds Schulter. Krest. Seine Augen waren vom angestrengten Starren und der vielen Sonne blutunterlaufen, auf die Lippen hatte er sich weiße Sonnenbrandsalbe geschmiert. »Wo, zum Teufel, ist der verdammte Fisch?« schrie er ungeduldig.

Bond lüftete die Maske. »Sieht aus, als wär er durch die Lappen gegangen, noch ehe das Zeug herunterkam. Ich suche noch immer.«

Ohne Krests Antwort abzuwarten, steckte er den Kopf rasch wieder unters Wasser. Noch mehr Gemetzel, noch mehr Leichen! Aber jetzt mußte das Zeug doch schon davongetrieben und die Gegend wieder sicher sein, falls etwa der Fisch – *sein* Fisch, denn *er* hatte ihn gerettet – wiederkommen sollte! Bond erstarrte: im fernen Nebel leuchtete es rosig auf – verschwand – und kam wieder! Gemächlich schwamm die Hildebrand-Rarität durch das Kanälegewirr des äußeren Riffs auf ihn zu.

Bond kümmerte sich nicht mehr um Krest, hob die freie Hand und klatschte sie aufs Wasser! Der Fisch kam näher. Bond entsicherte sein Harpunengewehr und feuerte in Richtung des Fisches. Der Fisch kam näher. Bond ließ sich auf die Füße gleiten und begann zwischen den verstreut umherliegenden Kadavern auf den Fisch zuzuwaten. Der schöne schwarzrote Fisch hielt an und begann zu zittern. Plötzlich schoß er auf Bond zu, tauchte an dessen Beinen hinab – und lag still. Bond brauchte sich nur mehr zu bücken und ihn aufzunehmen. Ohne die geringste Zuckung lag der Fisch in seiner Hand, füllte sie gerade aus. Die dornige, schwarze Rückenflosse stach leicht in die Handfläche. Bond hielt die Hand unter Wasser, damit die Farben nicht verblaßten. Bei Krest angekommen, sagte er nur »hier« und reichte ihm den kleinen Fisch. Dann schwamm er zum Strand.

An diesem Abend – die *Wavekrest* war unter einem riesigen, gelben Mond schon auf dem Rückweg – ließ Krest alles vorbereiten für etwas, das er *»wingding«* nannte – ein wildes Saufgelage. »Das müssen wir feiern, Liz!« hatte er gesagt. »Das ist ein ganz phantastischer Tag! Auch der letzte Programmpunkt erfüllt, und wir können 'raus aus diesen verdammten Seychellen und in die Zivilisation zurück! Was meinst du zu Mombasa, sobald wir erst die Schildkröte und diesen Dreckspapagei an Bord haben? Von Mombasa fliegen wir nach Nairobi und nehmen dort die Maschine nach Rom, Venedig, Paris – wo immer du hin willst! Na, Schatz?« Er kniff sie in Kinn und Wangen und gab ihr einen Kuß. Bond beobachtete dabei ihre Augen, aber die blieben fest geschlossen. Als Krest losließ, massierte sie sich das Gesicht. Die weißen Druckspuren blieben sichtbar.
»Aber Milt«, sagte sie halb lachend, »du zerdrückst mich ja! Kennst deine eigene Kraft nicht! Gefeiert muß natürlich werden, das macht Spaß! Und das mit Paris ist eine herrliche Idee, das machen wir, ja? Was soll ich zum Nachtessen bestel'en?«
»Verdammt noch mal, Kaviar natürlich!« Krest unterstützte seine Rede durch eine entsprechende Geste: »Eine dieser Zweipfundbüchsen von Hammacher Schlemmer – die Zehnergröße und alles, was dazugehört. Und *Champagne rosé*!« Er wandte sich an Bond. »Ist Ihnen das recht, mein Junge?«
»Klingt nach einem guten Essen.« Bond wechselte das Thema. »Was haben Sie mit dem Fisch gemacht?«
»In Formalin gesetzt. Oben auf dem Bootsdeck steht er, mit noch anderem Zeug, das wir da und dort gesammelt haben. Man hat uns angeraten, es so zu machen. Den verdammten Fisch schicken wir per Luftpost, sobald wir nur wieder in zivilisierten Gegenden sind. Vorher geb' ich noch eine Pressekonferenz, damit die Sache daheim in den Zeitungen groß herauskommt. Dem Smithsonian und den Nachrichtenagenturen hab ich schon Funksprüche geschickt. Meine Buchhalter werden sich freuen, denen von der Steuer ein paar Presseausschnitte zeigen zu können.«

In dieser Nacht betrank sich Krest ausgiebig. Es fiel nicht sehr auf bei ihm. Die sanfte Bogartstimme wurde noch sanfter und langsamer, der runde Dickschädel drehte sich um eine Spur bedächtiger auf seinen Schultern, das Zigarrenanzünden dauerte länger als sonst, und ein Glas wurde vom Tisch gestoßen. Nur die Äußerungen verrieten mehr: ein Hang zur Grausamkeit und der beinahe pathologische Wunsch, zu verletzen, kamen immer deutlicher zum Ausdruck.

Nach dem Abendessen war das erste Ziel James Bond. Er mußte sich eine leise Erklärung anhören, weshalb Europa, mit England und Frankreich an der Spitze, ein rasch abnehmender Aktivposten für die Welt war. Es gäbe, sagte Krest, heutzutage nur mehr drei Mächte – Amerika, Rußland und China. Das war die große Pokerpartie, bei der kein anderes Land mehr mitkonnte. Ja, gelegentlich lieh man irgendeinem netten, kleinen Land – und immerhin waren ja manche davon früher ziemlich bedeutend gewesen – etwas Geld, damit es bei den Erwachsenen mittun konnte, England zum Beispiel. Aber das war nur mehr jene Höflichkeit, wie man sie etwa einem heruntergekommenen Klubfreund bezeigte. Nein, England – ganz nette Leute, gewiß doch, und keine Spielverderber, aber es war doch nur mehr gut, um dort die alten Ruinen und die Königin zu besichtigen!

Frankreich? Das zählte noch für gutes Essen und leichte Weiber. Italien? Sonne und Spaghetti. Eine Art Sanatorium eben. Die Deutschen? Die hatten allenfalls noch Schwung, aber zwei verlorene Kriege hatten auch ihnen den Lebensnerv genommen. Den Rest der Welt tat Krest in Bausch und Bogen auf eine ungefähr ähnliche Weise ab und fragte dann nach Bonds Meinung.

Bond hatte von diesem Krest bis zum Überdruß genug. Er finde, sagte er, daß Krests Standpunkt denn doch ein wenig simpel sei, man könnte es sogar primitiv nennen. »Ihre Beweisführung erinnert mich an einen Aphorismus über Amerika. Wollen Sie ihn hören?«

»Aber gewiß doch, schießen Sie los!«

»Nun, er läuft darauf hinaus, daß das infantile Amerika seine Reifeperiode übersprungen hat und gleich senil geworden ist.«
Krest sah Bond nachdenklich an. »Aber Jim, das ist ja reizend«, sagte er endlich. Seine Augen wurden schmal, als er sich an seine Frau wandte. »Ich schätze, Jims Bemerkung ist Wasser auf deine Mühle, was, Schatz? Du hast doch selbst einmal gesagt, die Amerikaner hätten etwas Kindisches an sich – weißt du noch?«
»Ach, Milt.« Liz Krests Augen blickten ängstlich, sie kannte diesen Ton gut genug. »Wie kannst du nur das aufs Tapet bringen? Du weißt doch, das hat sich nur auf die Comics in den Zeitungen bezogen! Natürlich stimme ich mit Jim nicht überein – es war ja auch nicht ernst gemeint, nicht wahr, Jim?«
»Stimmt«, sagte Bond. »So wenig ernst wie Mr. Krests Behauptung über die Ruinen und die Königin.«
Krest fixierte noch immer seine junge Frau. Leise sagte er: »Unsinn, Schatz. Warum bist du so nervös? Natürlich war's ein Scherz.« Er machte eine Pause. »Und ich werd' ihn mir merken, Schatz. Bestimmt!«
Nach Bonds Schätzung hatte Krest alles in allem schon eine ganze Flasche intus – hauptsächlich Whisky. Und überdies festigte sich die Überzeugung in ihm, wenn Krest nicht bald von selbst umfiele, müßte er ihn herzhaft in die Fresse hauen. Aber momentan war Fidéle Barbey an der Reihe: »Übrigens, Ihre Inseln da, Fido! Als ich sie zum erstenmal auf der Karte gesucht habe, hielt ich sie für Fliegenschisse.« Krest gluckste. »Im ersten Moment wollt' ich sie sogar wegwischen. Dann hab ich darüber nachgelesen und gesehen, daß mein erster Eindruck gar nicht so falsch war. Nicht viel wert, das Ganze, was, Fido? Ich frage mich nur, weshalb ein intelligenter Kerl wie Sie sich nicht schon längst davongemacht hat. Bloß Strandläufer zu sein – das ist doch auf die Dauer kein Leben! Aber ich höre, daß ein Mitglied Ihrer Familie mehr als hundert illegitime Kinder haben soll! Vielleicht reizt Sie *das*, mein Junge, wie?« Krest grinste wissend.

Gleichmütig entgegnete Fidéle Barbey: »Das ist mein Onkel Gaston, aber wir sind gar nicht damit einverstanden. Es hat ein ziemliches Loch ins Familienvermögen gemacht.«
»Familienvermögen?« Krest zwinkerte Bond zu. »Worin besteht denn das? In Kaurimuscheln?«
»Nicht direkt.« Fidéle Barbey war an diese Art Grobheit nicht gewöhnt und wirkte ein wenig verlegen. »Wenn wir auch mit Schildpatt und Perlmutter vor hundert Jahren ziemlich viel verdient haben. Aber unser Hauptgeschäft war immer Kopra.«
»Und da habt ihr eure unehelichen Kinder gleich für euch arbeiten lassen? Gute Idee! Das könnt' ich eigentlich bei uns zu Haus auch einführen!« Er sah zu seiner Frau hinüber. Seine Lippen verzogen sich noch stärker nach unten. Aber noch vor der nächsten Stichelei hatte Bond seinen Stuhl zurückgeschoben, war aufs Achterdeck hinausgegangen und hatte die Tür hinter sich zugezogen.
Zehn Minuten später hörte Bond jemanden leise vom Bootsdeck herunterkommen. Er wandte sich um. Es war Liz Krest, die jetzt zu ihm ans Heck trat. »Ich hab drinnen gesagt, daß ich schlafen gehe, und wollte nur noch nachsehen, ob Sie alles haben, was Sie wünschen. Ich fürchte, ich bin keine gute Gastgeberin. Macht es Ihnen wirklich nichts aus, hier draußen zu schlafen?«
»Mir gefällt's. Die freie Luft hier ist mir lieber als das konservierte Zeug da drinnen. Außerdem ist's ganz schön, so unter den Sternen zu liegen, ich hab noch nie so viele gesehen.«
Eifrig ging sie auf das freundliche Thema ein: »Ich hab den Oriongürtel und das Kreuz des Südens am liebsten. Wissen Sie, als Kind hab ich geglaubt, die Sterne seien Löcher in einer Art Hülle, die unsere Welt umgibt, und man sähe durch sie das Himmelslicht. Als Kind hat man oft die dümmsten Gedanken!« Sie blickte zu ihm auf, als wünschte sie, er möge nicht darüber spotten.
»Vielleicht war das gar nicht so dumm«, meinte Bond. »Müs-

sen denn die Wissenschaftler immer recht haben? Sie machen das Leben so langweilig! – Wo haben Sie damals gelebt?«
»In Ringwood in New Forest – ein schöner Ort für Kinder! Ich möchte ihn gern einmal wiedersehn!«
»Sie haben seither so vieles hinter sich gebracht«, gab Bond zu bedenken, »daß Sie ihn jetzt wahrscheinlich langweilig finden würden.«
Sie berührte seinen Ärmel. »Bitte, sagen Sie das nicht! Sie verstehen mich nicht richtig.« Etwas wie Verzweiflung lag in ihrer Stimme. »Ich halt' es einfach nicht aus, immer auf das zu verzichten, was alle anderen haben – ich meine die normalen Leute.« Sie lachte nervös. »Sie werden mir's nicht glauben, aber ein paar Minuten mit jemandem zu plaudern, mit dem man wirklich reden kann – ich hab fast schon vergessen, wie das ist!« Plötzlich faßte sie nach seiner Hand. »Nicht böse sein! Ich hatte solche Lust, es wieder mal zu tun – und jetzt geh' ich schlafen.«
Die leise Stimme kam von hinten, ihre Worte waren undeutlich, aber langsam artikuliert: »Schau, schau. Was sagt man dazu? Schmust da mit dem Unterwassergehilfen herum.«
Krest war in der Salontür aufgetaucht. Breitbeinig stand er da und stemmte sich mit den Händen gegen den Türsturz, wobei seine Silhouette an die eines Pavians erinnerte. Die kalte, klimatisierte Luft aus dem Inneren strömte an ihm vorbei und hauchte kühl über das Achterdeck. Jetzt trat er heraus und schloß leise die Tür hinter sich.
Bond machte einen Schritt auf ihn zu und maß die Distanz zu Krests Magengrube. »Ziehen Sie keine übereilten Schlüsse, Mr. Krest«, sagte er. »Und überlegen Sie sich, was Sie sagen. Bis jetzt haben Sie Glück gehabt, aber versuchen Sie dieses Glück nicht zu sehr! Sie sind betrunken, legen Sie sich schlafen!«
»Oho! Hör dir mal den frechen Kerl an!« Krest wandte das mondbeglänzte Gesicht langsam seiner Frau zu und verzog seine Habsburgerlippe zu einer verächtlichen Grimasse. Hierauf zog er eine silberne Signalpfeife aus der Tasche und ließ

sie an ihrer Schnur im Kreis wirbeln. »Sicherlich weiß er nicht Bescheid, wie, Schatz? Hast du ihm wohl noch nicht gesagt, daß die Heinis da oben nicht nur zur Verzierung da sind?« Er wandte sich wieder Bond zu. »Noch einen Schritt näher, Kerl, und ich blase da hinein – nur einmal! Wissen Sie, was dann passiert? Hauruck – und über die Reling mit dem verdammten Mr. Bond! ›Mann über Bord!‹ Wirklich schade! Dann laufen wir Rückwärtsgang, und weißt du was, Kerl? Zufällig in dich 'rein mit den Zwillingsschrauben! Möchte man's glauben! So ein verdammtes Pech für den netten Jim, der uns allen so ans Herz gewachsen war!« Krest schwankte leicht. »Was gemerkt, Jim? Okay, also seien wir wieder friedlich, und legen wir uns aufs Ohr.« Er stützte sich gegen die Luke, hob die freie Hand und winkte seine Frau mit gekrümmtem Zeigefinger zu sich. »Komm, Schatz! Zeit zum Schlafengehn.«

»Ja, Milt.« Die großen, geängstigten Augen blickten zur Seite. »Gute Nacht, James.« Ohne auf Antwort zu warten, schlüpfte sie unter Krests Arm hindurch und eilte ins Innere.

Krest hob die Hand. »Nur immer die Ruhe, mein Junge. Sie sind doch nicht böse, oder?«

Bond sagte nichts. Er blickte Krest nur scharf an.

Krest lachte unsicher. »Na denn, okay«, sagte er, trat in den Salon und zog die Tür zu. Durch das Fenster sah ihn Bond auf unsicheren Beinen zum Lichtschalter schwanken und abdrehen. Dann gab's noch den kurzen Lichtschein von der Kabinentür, und dann blieb es finster.

Bond zuckte die Achseln. Du lieber Gott, das war vielleicht ein Kerl! Er lehnte sich über die Heckreling, blickte nach den Sternen, dann in das phosphoreszierende Kielwasser und versuchte, sich innerlich zu entspannen.

Eine halbe Stunde später – er hatte sich vorn im Mannschaftsbad geduscht und war eben dabei, sich sein Lager zwischen den Schaumgummipolstern zu bereiten – vernahm er einen herzzerreißenden Schrei, der gleich darauf erstickt wurde. Das Mädchen! Bond rannte durch Salon und Gang. Die Hand an der Kabinentür, blieb er stehen. Er konnte von drinnen das

Schluchzen hören und darüber das leise, gleichmäßige Gebrumm von Krests Stimme. Bond nahm die Hand vom Türverschluß. Teufel auch, was ging ihn das an? Sie waren Mann und Frau! Wenn die Frau sich das gefallen ließ, ohne den Mann umzubringen oder ihm davonzurennen, weshalb sollte er, Bond, dann Sir Galahad spielen?

Langsam ging er den Korridor zurück. Als er im Salon war, ertönte ein zweiter Schrei, diesmal weniger gellend. Vor sich hinfluchend trat Bond hinaus, legte sich auf sein Bett und bemühte sich, nur auf das Stampfen der Diesel zu hören. Wie konnte ein Mädchen so wenig Charakter haben? Oder stimmte es, daß Frauen von einem Mann so gut wie alles ertragen können, nur Gleichgültigkeit nicht? Bond fand keine Ruhe, und der Schlaf floh ihn mehr und mehr.

Nach einer weiteren Stunde, Bond war eben im Begriff, nun doch einzuschlafen, fing es über ihm auf dem Bootsdeck zu schnarchen an. Seit der zweiten Nacht nach ihrem Auslaufen aus Port Victoria pflegte Krest in einer Hängematte zu schlafen, die für ihn zwischen Motorboot und Dingi befestigt worden war. Aber bisher hatte er nie geschnarcht. Jetzt hingegen schnarchte er in jenen tiefen, rasselnden Tönen, die von Schlafmitteln mit zuviel Alkohol kommen.

Verdammt, das war denn doch zuviel! Bond sah auf die Uhr: ein Uhr dreißig. Wenn das Schnarchen innerhalb von zehn Minuten nicht aufhörte, würde er in Fidéle Barbeys Kabine auf dem Boden schlafen müssen, auf die Gefahr hin, am Morgen steif vor Kälte zu erwachen.

Bond sah zu, wie der Minutenzeiger übers Leuchtzifferblatt schlich. Jetzt! Er war schon aufgestanden und suchte eben sein Zeug zusammen, als es oben auf dem Bootsdeck einen heftigen Krach gab, dem Gescharre und ein gräßlich gurgelndes Würgen folgte! War Krest aus der Hängematte gefallen? Widerwillig ließ Bond seine Sachen liegen, ging zur Leiter und kletterte hinauf. Sein Kopf erreichte eben das Bootsdeck, als das Würgen verstummte. Statt dessen erklang nun das Getrommel laufender Absätze! Bond, der sich diesen Klang zu deuten wußte, schwang sich aufs Bootsdeck und stürzte zu der im hellen Mondlicht rücklings daliegenden Gestalt. Entgeistert kniete er nieder. Es war nicht so sehr der schreckliche Anblick des Gesichts, nicht so sehr der Umstand, daß die Zunge aus Krests offenem Mund quoll: es war der Schwanz des Fisches! Und seine Farben waren Rosa und Schwarz! Es war die Hildebrand-Rarität!

Der Mann war tot – schauerlich tot! Als man ihm den Fisch in den Mund gestopft hatte, mußte er danach gegriffen und verzweifelt versucht haben, ihn herauszuziehen. Aber die Dornen der Rücken- und Afterflosse hatten sich in den Wangen verspießt, die Stacheln waren durch die jetzt blutfleckige Haut um den ekelhaften Mund gedrungen und starrten jetzt gräßlich hervor! Der Tod mußte innerhalb einer Minute eingetreten sein – aber innerhalb was für einer Minute!

Langsam stand Bond auf. Er ging zu der Gläserreihe mit den zoologischen Präparaten und warf einen Blick unter die schützende Zeltbahn. Der Plastikdeckel des letzten Glases lag auf dem Deck. Bond wischte ihn am Zeltstoff sorgfältig ab, nahm ihn zwischen die Spitzen seiner Fingernägel und legte ihn lose auf das Glas zurück.

Er trat wieder zu der Leiche. Wer von den beiden hatte es getan? Die so ersehnte Trophäe als Mordwaffe zu verwenden – diese teuflische Bosheit ließ auf eine Frau schließen. Anderseits war aber auch Fidéle Barbey mit seinem Kreolenblut diese Grausamkeit und zugleich der makabre Humor zuzutrauen! »*Je lui ai foutu son sacré poisson dans la gueule*« – »ich hab ihm mit seinem verdammten Fisch das Maul gestopft!« Bond meinte ihn diese Worte sagen zu hören!

Sollte Krest, nachdem Bond den Salon verlassen hatte, den Seychellenmann noch weiter gereizt haben – noch dazu mit seiner Familie und seinen geliebten Inseln –, dann hätte Fidéle nicht sofort zugeschlagen oder zum Messer gegriffen, sondern er hätte abgewartet und geplant.

Bond sah sich auf Deck um. Das Schnarchen konnte für beide ein Zeichen zur Tat gewesen sein! Von beiden Seiten des

Kabinendecks führten mittschiffs Leitern zum Bootsdeck herauf! Der Mann im Ruderhaus hingegen konnte wegen des Maschinenlärms nichts gehört haben. Den kleinen Fisch aus seinem Formalinbad zu nehmen und ihn Krest in den offenen Mund zu stopfen, erforderte nur Sekunden. Bond zuckte die Achseln. Wer auch immer es getan haben mochte, keinesfalls hatte er die Folgen bedacht – die unvermeidliche Untersuchung, vielleicht auch eine Gerichtsverhandlung, bei der Bond genauso unter Verdacht stehen würde wie jeder andere! Falls er diese Sache nicht sofort ordnen konnte, waren sie allesamt in einer scheußlichen Lage!

Bond warf einen Blick über den Rand des Bootsdecks. Unten lief der meterbreite Kabinendeckstreifen das ganze Schiff entlang, von der See nur durch die sechzig Zentimeter hohe Reling getrennt. Angenommen, die Hängematte war gerissen, Krest war herausgefallen, unter das Motorboot gerollt und von dort über den Rand des Oberdecks gestürzt – konnte er dann ins Wasser gefallen sein? Schwerlich, bei dieser Flaute – aber es mußte eben auf diese Weise passiert sein!

Bond handelte. Mit einem Tischmesser aus dem Salon faserte er sorgfältig eine der Tragschnüre auf und riß sie durch, so daß die Hängematte glaubhaft zu Boden hing. Dann wischte er mit einem feuchten Lappen die Blut- und Formalinflecken von der Holzverschalung und machte sich hernach an den schwierigsten Teil seiner Arbeit, an das Wegschaffen der Leiche. Vorsichtig schleifte er sie an den Deckrand, stieg die Leiter hinunter, nahm seine Kräfte zusammen und langte nach oben. In schwerer, fast trunkener Umarmung kam der Körper auf ihn herab.

Bond stolperte damit zur Reling und wuchtete ihn hinüber. Noch einmal glitt das scheußlich aufgequollene Gesicht vorbei, wehte der widerliche Dunst von abgestandenem Whisky, dann kam das schwere Aufklatschen: Sprungbereit wartete Bond, um im Salon zu verschwinden, falls der Rudergänger nach achtern käme, um nachzusehen. Aber nichts regte sich, nur die Maschine stampfte monoton wie immer.

Bond seufzte tief auf. Jetzt bedurfte es schon eines besonders lästigen Untersuchungsrichters, um hier mehr als einen Unglücksfall zu vermuten! Er kletterte abermals aufs Bootsdeck, kontrollierte den Schauplatz noch ein letztes Mal, ließ das Messer und den nassen Lappen verschwinden und stieg wieder zu seinem Lager aufs Achterdeck hinunter. Zwei Uhr fünfzehn! Nach zehn Minuten war Bond fest eingeschlafen.

Sie erreichten North Point noch am Abend desselben Tages, nachdem sie die Geschwindigkeit auf zwölf Knoten erhöht hatten. Hinter ihnen leuchtete der Abendhimmel von Rot bis Aquamarin. Die beiden Männer und die Frau zwischen ihnen lehnten an der Reling des Achterdecks und ließen die schimmernde Küste jenseits des opalisierenden Spiegels der See an sich vorüberziehen. Liz Krest trug ein weißes Leinenkleid mit schwarzem Gürtel und ein schwarzweißes Tuch um den Hals. Die Trauerfarben paßten gut zu ihrer goldbraunen Haut. Alle drei wirkten gezwungen und ziemlich verlegen, denn jeder trug an seinem geheimen Wissen und war bemüht, die anderen seine absolute Diskretion spüren zu lassen.
Wie auf Verabredung hatten sie alle drei bis in den Morgen hinein geschlafen. Sogar Bond war erst um zehn Uhr vormittags erwacht. Er nahm seine Dusche im Mannschaftsbad und plauderte noch eine Weile mit dem Rudergänger, ehe er nach unten ging, um nach Fidéle Barbey zu sehen. Der war noch im Bett und entschuldigte das mit seinem Katzenjammer. Ob er sehr grob zu Krest gewesen sei? Er könne sich nur noch erinnern, daß Krest sich ihm gegenüber sehr taktlos benommen habe. »Weißt du noch, was ich dir gleich zu Beginn über ihn gesagt habe? Daß er ein zehnfacher Halunke ist? Glaubst du mir jetzt? Aber der Tag kommt noch, an dem ihm jemand sein leises, ekelhaftes Maul für immer stopfen wird!«
Unergiebig. Bond hatte sich dann in der Kombüse selbst ein Frühstück zurechtgemacht und saß schon beim Essen, als Liz Krest hereinkam, um das gleiche zu tun. Sie trug einen hellblauen Shantung-Kimono, der ihr bis an die Knie reichte, und

hatte dunkelgeränderte Augen. Sie aß im Stehen, schien aber völlig gelassen und ruhig. Im Verschwörerton flüsterte sie Bond zu: »Bitte, entschuldigen Sie wegen gestern abend, aber ich muß ein bißchen über den Durst getrunken haben! Tragen Sie es Milt nicht nach. Er ist so furchtbar nett, nur wenn er zuviel erwischt hat, wird er schwierig. Anderntags tut's ihm dann immer leid, Sie werden sehen!«
Als auch um elf Uhr noch keiner der beiden Anstalten machte, um die Katze aus dem Sack zu lassen, beschloß Bond, den Dingen nachzuhelfen. Er blickte Liz, die im Achterdeck magazinlesend auf dem Bauch lag, forschend an und sagte: »Übrigens, wo bleibt denn heute Ihr Mann? Schläft er noch immer seinen Rausch aus?«
Sie zog die Stirn kraus. »Möglich wär's schon. Er hat sich aufs Bootsdeck in seine Hängematte gelegt – wann, weiß ich nicht mehr. Ich hatte ein Schlafpulver genommen und war gleich weg.«
Fidéle Barbey, mit Angeln beschäftigt, sagte, ohne sich umzudrehen: »Vielleicht ist er im Ruderhaus.«
»Wenn er aber noch auf dem Bootsdeck ist, wird er einen höllischen Sonnenbrand erwischen«, gab Bond zu bedenken.
»Oh, der Arme!« rief Liz aus. »Daran hab ich noch gar nicht gedacht! Ich will gleich mal nachsehen.«
Sie erklomm die Leiter. Als ihr Kopf übers Bootsdeck kam, hielt sie inne. Ängstlich rief sie herunter: »Jim, er ist nicht da – und die Hängematte ist gerissen!«
»Da hat Fidéle doch recht gehabt. Ich schau' gleich mal nach vorn«, gab Bond zur Antwort.
Er begab sich zum Ruderhaus. Maat Fritz und der Maschinist waren anwesend. »Hat einer von euch heute schon Mr. Krest gesehn?« fragte Bond.
Verblüfft sah Fritz ihn an. »Nein, Sir. Warum? Stimmt etwas nicht?«
Bond tat besorgt. »Achtern ist er auch nicht! Los, kommt schon, seht überall nach! Er hat oben am Bootsdeck geschlafen, ist nirgends zu finden, und die Hängematte ist gerissen!

Dabei war er heute nacht nicht sehr sicher auf den Beinen. Los, so macht doch schon!«

Als das Unabweisliche unabweislich war, hatte Liz einen kurzen, aber glaubwürdigen Anfall von Hysterie. Bond half ihr in ihre Kabine und überließ sie ihren Tränen. »Schon gut, Liz«, sagte er. »Überlassen Sie alles weitere mir. Wir funken jetzt nach Port Victoria und veranlassen alles Nötige. Ich werde Fritz sagen, schnellere Fahrt zu laufen. Umkehren hat keinen Sinn, fürchte ich. Er muß ja schon länger als sechs Stunden über Bord sein, denn bei Tag hätte es jemand bemerken müssen. Und sechs Stunden in diesen Gewässern –«

Mit aufgerissenen Augen sah sie ihn an. »Sie meinen – die Haie und so?«

Bond nickte.

»O Milt, mein armer Milt! Warum hat dir das geschehen müssen!?«

Bond verließ den Raum und schloß leise die Tür.

Die Jacht umschiffte Cannon Point und verlangsamte ihre Fahrt. In vorsichtigem Abstand glitt sie an den Riffen vorbei in die weite Bucht und auf die Reede zu, zitronen- und bronzefarben schimmernd im Licht des scheidenden Tages.

Das kleine Stadtgebiet am Fuße der Berge lag schon im tiefblauen Schatten, der von glitzernden Lichtern belebt wurde. Bond sah die Zollbarkasse auslaufen und Kurs auf die Jacht nehmen. Bald würde die kleine Gemeinde von Gerüchten über diese letzte Neuigkeit überquellen!

Liz wandte sich ihm zu: »Ich glaube, jetzt verlier' ich bald die Nerven! Werden Sie mir helfen, all das hinter mich zu bringen – diese schrecklichen Formalitäten und all das andere?«

»Aber natürlich!«

Fidéle Barbey sagte: »Machen Sie sich keine Sorgen! Hier kennt mich jeder, und der Oberrichter ist mein Onkel. Wir geben unsere Aussage zu Protokoll, die Verhandlung ist vielleicht schon morgen, und tags darauf können Sie auslaufen.«

»Glauben Sie wirklich?« Schweißperlen bildeten sich unter ihren Augen. »Wenn ich nur wüßte, wohin! Was soll ich als nächstes denn tun? Vielleicht« – sie zögerte und vermied es, Bond anzusehen –, »vielleicht möchten Sie mit mir nach Mombasa kommen, James? Ich meine – da Sie ja auf jeden Fall hinmüssen – und ich könnte Sie noch einen Tag früher als diese Campdingsda hinbringen ...«

»*Kampala.*« Bond griff nach einer Zigarette, um Zeit zu gewinnen. Vier Tage auf dieser herrlichen Jacht mit dem Mädchen allein! Aber da war dieser Fischschwanz, der aus einem offenen Mund hervorstand! War *sie* es gewesen? Oder hatte Fidéle im Vertrauen auf seinen Onkel und seine übrigen Verwandten gesündigt? Wenn nur einer von den beiden eine Andeutung fallenließe! Vorsichtig sagte Bond: »Das ist schrecklich lieb von Ihnen, Liz. Natürlich würd' ich gern mitkommen.«

Fidéle Barbey lachte in sich hinein. »Bravo, Freundchen! Ich an deiner Stelle würd' es ebenso gern – wenn nur dieser verdammte Fisch nicht wäre! Diese Verantwortung! Das Smithsonian wird euch mit Funksprüchen zudecken! Vergeßt nicht, daß euch ab jetzt sowas wie ein Kohinoor der Wissenschaft anvertraut ist! Und ihr kennt ja diese Amerikaner: Sie werden euch keine Ruhe lassen, bevor sie nicht den Fisch in ihren Pfoten haben!«

Bond sah das Mädchen steinern an. Jetzt hatte er sie! Jetzt hieß es Farbe bekennen! Und dann würde er irgendeine Ausrede gebrauchen und hier aussteigen. Es störte ihn etwas an dieser so speziellen Art, einen Menschen umzubringen.

Aber die schönen, arglosen Augen blieben ganz klar. Das Mädchen sah Fidéle Barbey ins Gesicht und sagte leichthin und freundlich: »Ach – das ist erledigt. Ich schenke den Fisch dem Britischen Museum.«

Bond sah, daß nun auch ihre Schläfen von Schweiß glänzten. Aber schließlich – der Abend war wirklich sehr heiß ...

Das Stampfen der Maschine setzte aus, und die Ankerkette fuhr donnernd hinab in die Stille der Bucht.